探索百科

物质科学 下册

OEC 编　　飞思少儿科普出版中心 监制

电子工业出版社
Publishing House of Electronics Industry
北京·BEIJING

图书在版编目（CIP）数据

物质科学. 下册／OEC编.-北京：电子工业出版社，2010.6
（Discovery Education科学课）
ISBN 978-7-121-10713-9

Ⅰ. ①物… Ⅱ. ①O… Ⅲ. ①物质－普及读物 Ⅳ.①O4-49

中国版本图书馆CIP数据核字（2010）第068078号

责任编辑：郭　晶　李娇龙
文字编辑：窦力群
印　　刷：中国电影出版社印刷厂
装　　订：三河市皇庄路通装订厂
出版发行：电子工业出版社
　　　　　北京市海淀区万寿路
　　　　　173信箱　邮编：100036
开　本：787×1092　1/16
印　张：9.75
字　数：249.6千字
印　次：2010年6月第1次印刷
定　价：35.00元

力和引力

热

运动

力和引力是什么？答案有很多。没有引力，你就会飘浮在教室的周围。没有力，你很难完成每天都要做的事情，例如上楼梯到教室。每一件事物、每一个人都依赖着力和引力进行活动。我们有著名的科学家，例如牛顿和伽利略，感谢他们解释了这些力在自然界中如何共同作用，以及人们如何受到它们的影响。

在本篇中，你将学习黑洞、走钢丝绝技、反抗引力的秘密、比萨斜塔及其他许多知识，来帮助你了解力和引力。

热的产生

热无所不在，也影响了每一件事，包括我们的工作，以及城镇的建造；热更影响了天气，甚至左右人们的情绪。

本篇将带你进行一次"热"之旅，看看热在哪里现身和热的转移方式，并了解热如何影响我们，我们又如何使用并测量热，为什么人类没有热就活不下去？热到底是什么？现在就让《热》解答你所有的疑惑。

闪耀

是什么东西围绕着你，帮助你看见周围的一切，但是你却看不见它是如何运作的？它就是光！当你阅读这段文字时，白光正从纸面弹跳起来，射进你的眼睛。由于你的大脑作用，你的眼睛就成为你到四周被照亮的世界的导游。但真的是这样吗？其实有时候它们也会让你上当。但当你了解了光之后，你也许就能够对日常事物——甚至是奇异现象有更好的理解。

《光》会告诉你关于光的故事——我们如何看待它，它究竟是什么，以及它如何影响我们的生活。让我们真正感到震惊的，是在日常生活中，我们视为理所当然的东西如何在我们的心中造成误解。但没有光，就没有我们所熟知或我们所看到的世界。对于所有自然生物而言，光可能是最基本的要素。

光

电

掌管一切

我们通常都用一个"电"字来称呼电力。电是自然界中最强大的力量之一 ——同时也是最神秘的。电可以来自最普通不过的事，好比像袜子粘在烘衣机中；也可以像一道闪电划过乌云那样不可思议。电帮你烤面包，让你的计算机工作——甚至也使你的心脏跳动。因此人们花了许多努力去了解电的秘密。

在本篇中，探索频道将告诉你许多和电有关的故事，让你可以了解电的惊人威力——这有时是以令人毛骨悚然的形式呈现的。

吸引

你有没有试过拿着一块小磁铁在家里四处探寻，看看会吸上什么东西？拿块磁铁你可以玩上几个小时，而你所能学到的，却还是与很久以前人们对磁性的发现相同：你能看到它发生作用，但却不知道其原理。

本篇将带你重新发现磁性的谜团是如何破解的。你也会知道，磁性不仅仅只有冰箱门上吸住"食品一览表"的功用。事实上，磁性在现代科技中大有用处，它在你想不到的寻常事物上发挥着魔术般的神奇妙用，它是生活中不可或缺的部分。

磁

力和引力

力和引力

你是否曾经坐过过山车或旋转木马？可能你还记得当时的感觉：当你沿着陡峭的斜坡或绕着突然转弯的轨道快速向下急速翻腾而起时，你的胃部也在翻腾。如果电梯突然快速升高或下降，胃部可能会有轻微的抽搐。这些都是力和引力导致的。下图中的人（蒙上眼罩时）正承受着强大的力的作用，对他身体有着明显的影响。

这种强大的力在日常生活中并不常见。在一般情况下，人们并不会注意到影响他们的力。引力向地球中心牵引人

们，这股力量是人们感觉不到的。地球自转时，人们随着它以一种惊人的速度运动，人们同样也感觉不到。大气压力时时都在压迫着你，但是你仍然没有注意到它。虽然力时时刻刻都在影响着你，是日常生活中一个正常的部分，但却得花费许多精力使你明白它们有多么强大。

没有必要告诉图中的人，力到底有多么强大，因为他可以感觉到力的大小。他是一名飞行员，正在风洞中进行试验，受到逐渐增加的力（如每张

图所示）的作用。G代表重力，1G是地球上的一个物体所受到的重力，二倍的重力是2G，三倍的重力是3G，依此类推。一个人受到的重力越大，施加到其身体上的压力就越多，从而使得这个人的脸发生扭曲。力越大，面部的扭曲就越厉害。幸运的是，你不会每天都受到太大的力，否则你走路时就会像这个不幸的人一样。

尽管你不会和图中的人一样，但是在图1中此人还受到一种与力有关的属性的影响，这也是你现在所具有的同一种

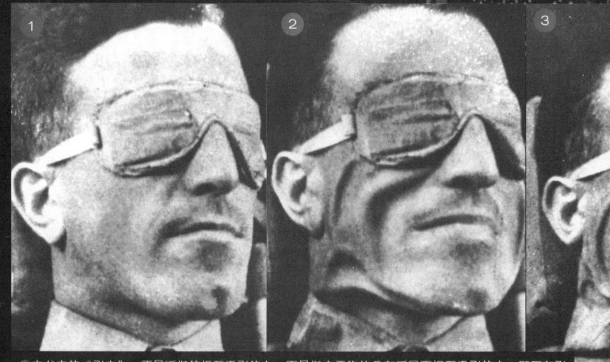

①本书中的"引力"，不是泛指的相互吸引的力，而是指由于物体具有质量而相互吸引的力，即万有引力。星球对其表面和附近的物体的万有引力，通常称为重力。本书中的"引力"、"万有引力"、"重力"可视为同义词。——编者注

属性：惯性。艾萨克·牛顿 (Isaac Newton)先生把惯性作为一种属性进行描述：静者恒静，动者恒动，直到其他力作用在物体上。因此在图2中，一个更大的力作用到身上时，导致其皮肤相对于骨骼来说受到拉伸。

乘坐过山车、旋转跷跷板或者其他乘车游戏的时候，你会感受到大于1G的力，但通常不会高于3G。受到3.5G大小的力时，人们可能会流鼻血。受到4G大小的力时，会感觉到非常大且几乎无法忍受的压力。在6G时，人会变得神志不清。负责游乐园乘车游戏的工程人员要确保乘坐此工具不会超过这个极限，所以你每次乘坐时只会感到身体很兴奋。

为太空航行而训练的宇航员并不总是感到很舒服。他们在力很大的环境中进行实验，所以他们对急速穿过并冲破地球大气层有所准备。像图中所示受到大于3G的力的人，当他们最终冲出地球大气层时，他们就不再受重力影响，这与受到多个G的力的情况大相径庭。

在本书中，你将学到所有有关这些力的知识。你将学习哪个力大？哪个力小？你将体会到最初研究力的科学家和现在受到力影响最显著的人的感受。但最重要的一点是，你将在非常舒适的重力环境下完成学习。因此，休息一下，放松，然后开始学习力的知识。

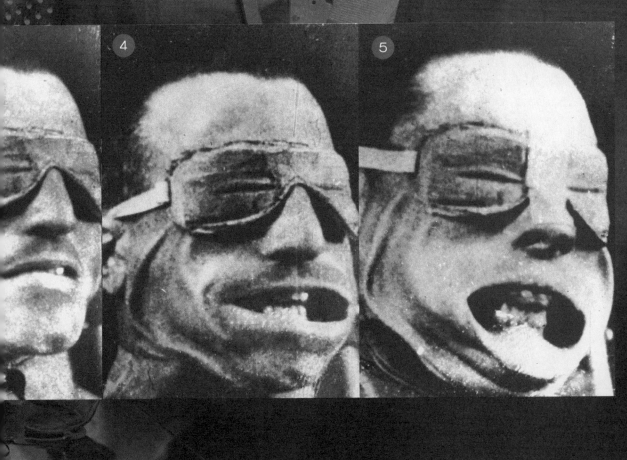

4   5

随着引力下降

问：你是那个掉在牛顿头上的苹果吗？

答：是的，是我，正是在下麦科伊（McCoy）①。

问：什么？真正的麦肯套什计算机？②

答：不，我是说我才是真正出色的。我就是那个苹果，那个几乎砸在艾萨克·牛顿先生头上的苹果。当时我瞄准的是他的头，但我并不是要伤害他，当然我也不是一个烂苹果。我只是想对他施加一些力，但是我失误了，掉到他附近的地面上。

问：那么你成功了吗？

答：当然，我掉到地面上发出的声音使得牛顿陷入了思考。

问：思考什么？

答：当然是引力，还有月球。

问：月球？

答：是的，月球。牛顿是一个想象力非常丰富的人，当他看到我掉到地面上的时候，就想："使苹果从树上掉到地面上的力一定不仅仅只有地球表面上才有，为什么苹果总是垂直坠落到地面上？为什么没有往一旁或者向上运动，却总是向着地球中心运动？"

问：什么意思？

答：意思就是说这个力作用的范围必定超出地球，例如到达月球。由于我在地面之上，月球也在地面之上，地球的引力应该像影响苹果一样影响月球。伊兹(这是我对艾萨克·牛顿的昵称)的一个朋友听到他谈论引力，说：为什么无法到达月球呢？如果真的能到达月球，那么必定会影响月球的运动，而且使它沿轨道围绕地球转动。"

问：它是谁？

答：它是月球。

问：但是月球不会像你掉到地上一样碰撞地球。

答：对，牛顿认识到了这一点。当我从树上掉到地面时，他看到我向地面运动时速度加快了，于是他想肯定有一股力作用在我身上，导致我坠落时速度加快。这个伊兹真是个聪明的家伙。

问：那么他认为这股力是什么？

答：引力，用大写的G表示。他认识到物体向地面下降速度逐渐加快，原因是引力正往下拉动物体。同时，无论苹果树

① McCoy用于美国俚语中的姓氏，如 "the real McCoy" 表示真正的（或出色的）人（或东西）。
② 麦肯套什计算机是苹果牌计算机的一种。——编者注

多高，我仍然会掉到地上。于是，他找到了问题的核心。

问：是什么？

答：月球的轨道应该受到地球引力的影响。由于引力产生的加速度会改变月球的速度，使得它沿着轨道围绕地球转动。

问：苹果，你可以削弱这种力吗？

答：遗憾的是，我失去了自制力。喔，我并不是真的失去了自制力，这是引力的结果，也是月球没有脱离轨道的原因。引力可以和其他力相结合，月球的运动可以说是两种运动共同作用的结果。引力使月球直接向地球的中心运动，但是月球的另一种运动与第一种运动的方向垂直或与地球相切。两种运动共同作用的结果产生一个近似于圆形的轨道。

问：你一直就知道有关运动和

引力的事情吗？

答：当然。很长一段时间以来我的兄弟姐妹们一直不断地往地上掉落。但是，我是那个幸运、聪明的苹果，引起了某些人注意。

问：你是说由于你发现了引力，应该授予你荣誉奖章？

答：你没有明白我话里的含义，但是我不想和你争论。牛顿先生有头脑，但是我有眼力。你可以想象，如果我没有落在伊兹的附近，历史会有多大差别呢？我的意思是，把荣誉授予那些应该得到荣誉的人，令人非常高兴！

问：如果你没有落在牛顿附近，会发生什么情况？难道你

不认为其他事物也会使人们思考引力吗？

答：谁知道？可能永远也不会意识到引力，伊兹也将过着一种普通的生活，全世界的人也不会知道这个故事，苹果也不会得到它们应得的尊敬和肯定。

问：你的意思是引力不会得到它们应得的尊敬？

答：我想，引力也是如此。没有引力，我就会四处飘浮。我会打破树枝的约束。

问：就像宇航员在太空中四处飘浮？

答：可以这么说。但是，对这件事情你必须要问我的奶奶，我的奶奶史密斯，是一个太空专家。我？仅仅知道有关引力的一点点细节。

对月球痴迷的人

地球只有一个月亮，谈到引力时，则是两个星体间的共同作用。地球的引力使月球保持在轨道上，月球使海洋产生潮汐现象。但是，在其他行星及其卫星之间的引力关系是怎样的呢？召集一些同班同学，每个同学挑选一颗行星。全面了解该行星及其卫星，注意卫星的数量、行星和卫星的大小以及它们之间的距离。然后，把每个人的信息收集在一起，试着发现其中的规律并得出结论。

课 程 活 动

大事记

历史重现

我们怎么会知道 能推动物体向地面坠落的强大的力？我们要感谢有求知欲的人，他们花费了大量时间注视恒星、行星和月球。他们及时地弄清楚了所有将我们聚集在一起的、看不见的"胶水"，同时又更为及时将它推翻。什么也不能阻止科学的发展，引力也是如此。

约翰尼斯·开普勒

奥托·里兰塞尔

| 16世纪 | 17世纪 | 18世纪 | 19世纪 |

1514年：波兰科学家尼古拉斯·哥白尼(Nicolaus Copernicus)写了一本书——《天体运行论》(On the Revolutions of the Celestial Spheres)，他在书中指出，所有行星(包括地球)都围绕着太阳旋转。这个观点违背了当时的信仰——太阳围绕地球旋转，也就是地球中心说。他为将来伽利略、牛顿及其他人的突破奠定了基础。

1592年：天文学家伽利略·伽利雷(Galileo Galilei)用实验来说明不同重量的物体以相同的速度坠落，加深了人们对引力的理解。17世纪，伽利略由于支持哥白尼的太阳中心说而受到处死的威胁。

1609年：约翰尼斯·开普勒(Johannes Kepler)指出行星沿着椭圆形的轨道运动，并认为它们被某种看不见的结构保持在一定的轨道上。

1687年：在其他具有革命性的发现之中，艾萨克·牛顿指出，将行星吸引向太阳的力也是保持其有固定轨道的力。牛顿还把这个理论推广到彗星。

1705年：爱德蒙·哈雷(Edmund Halley)把牛顿的理论应用到太阳周围的彗星轨道上，并预测1531年、1607年和1682年看到的彗星将在1758年返回地球附近，彗星按时返回并成为著名的哈雷彗星。此外，哈雷出资出版了牛顿的《原理》(Principia)一书。

1782年：孟高尔费兄弟(Montgolfier)发明了热气球，迈出了空中旅行的一大步，从而冲破了地球引力的束缚。

1890年：德国航空工程师奥托·里兰塞(Otto Lilienthal)用滑机进行了重要的实验这些实验对空气动力领域的其他人有很大帮助，包括莱特兄弟。

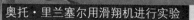
奥托·里兰塞尔用滑翔机进行实验

威尔伯和奥维尔

20世纪

1903年：12月17日，在美国的卡罗来纳州的基蒂霍克(Kitty Hawk)附近，威尔伯(Wilbur)和奥维尔(Orville)在一个动力控制的飞机中进行飞行，成为感受反抗引力作用的先锋。两兄弟每人都进行了两次飞行，但是威尔伯的飞行时间最长，持续了大约59秒，距离大约为260米。今天的747系列飞机仅仅起飞就需要348米的距离。

1969年：7月20日，美国宇航员尼尔·阿姆斯特朗(Neil Armstrong)和埃德温·奥尔德林(Edwin Buzz Aldrin)成为在月球上行走的先行者，月球上的重力是地球上重力的六分之一。在月球表面踏出第一步时，阿姆斯特朗说："这是我的一小步，却是人类的一大步。"

20世纪90年代：美国国家太空总署的KC-135飞机，被用于拍摄电影《阿波罗13号》(Apollo13)失重的场景，这部电影是根据真实的事件改编的。科学家们利用大气圈的"微重力"研究在重力很小或者失重的情况下各种流体的情况。同时，一架叫做"喷射彗星"的飞机用于测试失重的影响。根据其飞行操作，涡轮喷气式发动机飞机上的乘客经历了一次短暂的旅行，他们的感觉是失重通常会导致运动性恶心，多次飞行后恶心症状会减轻。

1996年：宇航员香农·露西德(Shannon Lucid)成为在俄罗斯和平号空间站连续度过188天的第一个美国人，和她一起的还有俄罗斯宇航员尤里·奥诺夫里扬科(Yuri Onufriyanko)和尤里·乌萨乔夫(Yuri Usaxhev)。进行太空旅行时，这个三人小组按照一个规定的训练时间表进行训练，以防止肌肉在飞行器内没有重力的空气中变得虚弱无力。露西德进行了一项实验，实验显示在微重力环境中可以种植植物并制造氧气。

在月球上行走

香农·露西德

增长见闻

急速前进的人

牢牢贴在跑道上

赛车的设计是为了能在空气中急速穿过，这也可能是赛车和飞机机翼有许多共同点的原因。高速行驶时，印地赛车(Indy Race)可能会很不稳定。为了弥补此缺点，赛车利用了和飞机机翼相同的概念，但是作用的方向相反。赛车利用空气提供向下的力，使其牢牢贴在跑道上。赛车的车身类似于一个倒过来的飞机机翼，其下方的空气流动速度大于上方的空气流动速度，从而沿着垂直于跑道的方向向下推赛车。有时候，赛车甚至利用前部和尾部的小翅膀产生更大向下的力。

在空气中！

如果你从房顶丢下一根羽毛和一个保龄球，哪一个会首先落地？很简单，保龄球先落地！但是，如果你的房子是真空(一个没有空气的地方)的，同样的羽毛和保龄球会同时落地。为什么？因为重力产生的加速度相同，它和物体的质量无关。这就是在真空中，一个重的物体和一个轻的物体以同样速度下降的原因。同时，真空情况下没有空气分子，不会降低物体的下降速度。在真空之外，物体的表面会受到来自空气分子的阻力——空气阻力，这个阻力会降低物体的下降速度。在真空之外，物体根据空气阻力的大小以不同的比率改变其速度。

此原理同样适用于跳伞运动员。尽管跳伞运动员向地面下降的速度在某种程度上依赖于其体重和空气的阻力，但同样也依赖于他身体的姿势。如果跳伞运动员使身体呈直线并使头或脚朝下向下跳，那么他将受到很小的阻力而快速穿过空气。然而，如果面部朝下、四肢张开飘浮，由于空气分子摩擦，表面积越大，空气阻力就越大，从而使其降落的速度更慢。跳伞运动员打开降落伞时，降落伞更大的表面积受到更大的空气阻力使其速度降低，从而不会撞向地面。

这是一只鸟，这是一架飞机

鸟的翅膀和飞机包含的空气动力学原理非常类似。二者本质上都是依靠翅膀利用伯努利原理(Bernoulli Principle)：空气速度增加时，空气压力降低。飞机或者鸟翅膀的曲线表面把空气分成上下两部分，上部的空气流动速度大于下部的空气速度。慢速流动的空气压力大，往上推动翅膀并使其升高。鸟和飞机都具有形状类似的翅膀，但是它们使用不同的推进方法。鸟实际上是向下和向后扇动翅膀，从而向下和向后推动空气，产生一个提升力和向前的推动力。对于飞机，并不是扇动翅膀，取而代之的是一个强大的发动机，用足够大的力推动机翼直接穿过空气，从而产生一个强大的提升力使飞机保持在空中。

应用伯努利原理

把一张纸举在你面前，靠近嘴，把一端卷成一个向你的微微弯曲的形状，另一端下垂。现在对着弯曲的部分从它的上方向前使劲吹气，会发生什么情况？如果你从一个正在行驶的汽车中掌心向下地伸出手掌(但是不要太远)，会发生什么情况，你的感觉是什么？掌心斜向哪个方向时你的手会被气流向上推动？写一篇报告描述纸、手和鸟的翅膀如何证明伯努利原理。

课 程 活 动

需要考虑的力

力会导致物体被拉动或推动。没有力，就没有运动。一些力显而易见，例如当你推购物车时，你正在利用普通的力使其前进。还有其他你可能看不见的力，但它们都是相同的。请看看以下的力：

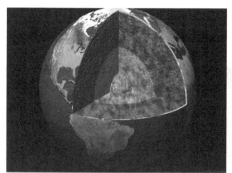

万有引力：万有引力使得向上运动的物体几乎全都会降下来。万有引力是物体之间的吸引力，所有的物体都会施加万有引力，但是物体越大，万有引力越大，地心引力朝其表面紧拉着人们。地球的引力非常大，可以将月球保持在轨道上。

电磁力：极为紧密地一起发生作用的电力和磁力，经常被作为一种力进行研究。电磁力的作用十分强大，有一个例子就是电磁力足以举起一辆汽车。

电力：电力是自然界中的一种力。没有电力，我们所了解的生活将会完全崩溃。这是因为电力和磁力共同把所有物质的原子结合在一起。静电是一种使你的衣服粘贴在一起和使头发竖立的力。

惯性：你是否有过急刹车的经历？由于惯性，你的身体会突然前倾。惯性并不是力，但却与力有关，它是外力施加到物体之前，物体保持其原来状态的一种趋势。所以，身体将以与汽车相同的速度继续前进，直到外力阻止它的前进，这个力可能来自安全带或者是挡风玻璃。

摩擦力：是不是什么东西正在朝相反的方向摩擦着你？这可能就是摩擦力，摩擦力是降低物体运动速度的力。摩擦发生在两个物体互相接触的地方，当你坐在秋千上用脚拖地降低速度的时候，你就是在利用摩擦力。空气阻力是摩擦力的一种，跳伞者降落到地面的过程中，承受重力和阻力这两个相反方向的力。

磁力：磁力是吸引两个物体的自然力，这两个物体具有不同的极——北极和南极。具有不同极的两个物体之间的距离越近，磁力就越大。物体距离越远，磁力就越小。你知道地球本身就是一个巨大的磁体吗？

超凡的强力！

运动是力的结果。力越大，运动就越剧烈。看看下面关于力的里程碑。

- 为了把航天飞机发送到轨道上，航天飞机需要一个足够强大的发动机挣脱力的束缚，使其速度达到每小时28 162千米，也就是每秒8千米。
- 加拿大的多诺万·贝利（Donovan Bailey）是世界上奔跑速度最快的人之一。在1996年夏季奥运会的一次比赛中，贝利创下每小时36.6千米的纪录。
- 1997年，安迪·格林(Andy Green)打破了在陆地上的速度纪录，这辆极速汽车的速度达到每小时1228千米，超过了声音的速度。
- 世界上速度最快的喷气式飞机是美国的SR71–A。这架也被称为"黑鸟"的飞机，能够以每小时3862千米超过声速的速度飞行。

艾萨克·牛顿：科学巨人

艾萨克·牛顿(1642—1727)被称作现代自然科学之父。他是第一个深刻理解力、运动和引力的人。牛顿的万有引力理论指出所有的物体都会互相吸引。牛顿的三个运动定律揭示了引力、质量与两个物体间距离的关系。

一个重要的问题

有时候你会听到人们谈论质量和重量，它们之间的差别是什么呢？

质量是某一物体物质的数量，只要物体本身不发生物理变化，其质量将保持不变。

重量是物体所受重力的大小。体重计用来测量重量，称量体重的时候，弹簧由于受到来自人体重量的挤压，人的体重越大，弹簧被挤压的程度就越大。

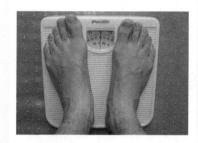

重量：消失在太空中

宇航员知道生活在没有重力的环境中是什么样。航天飞机沿着轨道围绕地球旋转时，重力和飞行速度共同导致零重力或者称为失重。由于重力被抵削，宇航员在太空中总是飘浮着。为了四处走动，他们必须不时拉动或者推动身体，甚至在睡觉时，也不得不绑住自己，否则他们只能在航天飞机内四处飘浮。

缺少重力会对身体有一些负面影响。宇航员在太空中，脊椎会长5~7.6厘米，这是因为没有重力挤压他们后背的骨骼。宇航员返回地球后，又会出现相反的情形。失重的其他负面影响包括脸和手会有过多的流质、肌肉和骨骼衰弱。这些负面影响是大部分航天任务不能持续超过两周的原因之一。

千克和行星

物体的质量不会因为物体位置的改变而变化，重量却会随位置的变化而变化。太阳、月球及每一颗行星上的重力都不同，地球上一个体重为45千克的人在太阳系中其他星球上的重量如右图所示。想想为什么某个人在太空中某个位置上的重量和其它位置上的不一样呢？

太阳、月球	重力因子	重量(千克)
太阳	27.9000	126.0
水星	0.2840	12.6
金星	0.9070	41.0
地球	1.0000	45.0
月球	0.1670	7.7
火星	0.3800	17.1
木星	2.3400	105.3
土星	0.9250	41.9
天王星	0.7950	36.0
海王星	1.1250	50.9
冥王星	0.0411	1.8

面部朝下

几年前，卡尔·桑托斯头朝下进行特技跳伞。今天，卡尔借助天空来测试他的跳伞技术和重力。卡尔向我们描述了在距离地面3658米高空处，以每小时193千米的速度自由坠落挑战死亡时的感觉。

站在飞机的舱门口，你还感觉是在地面上。背上的跳伞装备非常重，地板顶着你的脚，绳索拉着腿和肩膀。渴望自由地飞翔，于是你跳了下去。离开飞机10秒钟后，风就支撑你的身体来抵抗重力，使你保持一个固定的速度。除了空气之外，什么也触摸不到，当你以每小时193千米的速度高速穿过天空时，你会感到令人兴奋的刺激。你控制身体作轻微的移动，变换方向、速度和位置。你和那些不可见的元素看上去十分和谐。然而，这种危险的刺激使你的注意力更集中，时间变慢，并增强你的感觉。你的每一根神经都十分兴奋，下面远远的那个平滑的彩色贴画也许就是你居住的地方，但这儿是你感到最兴奋的地方！60秒就好像永远都过不完似的，你完全从世界上繁琐的事情中解脱，只有你和天空。

在距离落地还有1.6千米的时候，你只剩一点点时间以现在的速度下降。下降至1200米的时候，地球开始迅速地扩展，急剧地向你迎面而来。短暂的5秒之后，还剩下不到900米的距离，你打开降落伞，刚才还在风中急速坠落，转眼变成了平稳地驾驶降落伞。你的耳朵慢慢地适应新音量，听着头上风拍打漂亮的降落伞的声音。最后重力重新开始发挥作用，现在你下降了600米，地球正准备拥抱你。在距离地面仅3.65米的时候，拉一下套环降低下降速度，使脚轻轻接触地面。你已经勇敢地抵抗了重力并获得了成功。

终极速度

从自然科学的角度来看，桑托斯发生了什么事情？当他跳入空中时，力与重力就接管了他。

跳伞者跳出飞机，就向一侧和下方运动，从而产生飘浮的感觉。即使是在跳伞者飘浮的时候，竖直方向的速度也在逐渐增加。大约10秒之后，空气阻力开始向上方推动跳伞者，重力同时向下拉他。空气阻力与重力一样大时，跳伞者的速度达到最大速度或者叫做终极速度，这个终极速度就是跳伞者的下降速度。

终极速度随着跳伞者的不同而不同，依其坠落的方式而定。头或脚先朝下落的跳伞者，

都属于降落

自由降落

从离开飞机到打开降落伞之间的降落部分。

固定开伞索跳伞

飞机上的一根伞索用于降落伞的展开。这种跳伞方式用来训练跳伞学员或者第一次跳伞的人。

一前一后跳伞

跳伞过程中两个人使用同一个降落伞系统，每人背一个相互连接的降落伞背带。第一次跳伞的人喜欢一前一后的跳伞，因为有一个有经验的跳伞者和他们绑在一起。

终极速度

物体穿过地球空气坠落时的最大速度，或者自由落体由于空气阻力能够获得的最大速度。如果身体平行于地面的姿势，空气阻力与重力平衡时，人的速度大约为每秒46～54米。

速度能够超过每小时290千米。坠落时身体和地面平行的跳伞者的速度就比较慢，这是因为水平身体的表面积比竖直坠落的身体的表面积大。由于空气阻力，表面积越大，下降就越慢。

许多跳伞者以一种叫做编队的组合下降，这些跳伞者必须要降低他们的坠落速度，以使他们可以表演技巧并进行编队。编队中的每个跳伞者都保持其身体以相同的角度与地面平行，使整个编队以相同的速率下降。

跳伞者如何使其速度降低至足够小，以便不会撞到地面？答案是他们使用降落伞。在距离地面上方大约610米处，跳伞者拉动开伞绳释放降落伞。一旦降落伞被打开，降落伞巨大的面积迅速帮助空气阻力抵抗重力，并降低跳伞者的坠落速度。打开降落伞的几秒之内，跳伞者的速度从终极速度降到大约每小时16千米左右，然后慢慢飘浮到地面着陆。

了解极限运动

像跳伞这样的活动有时被称为极限运动，这是因为从事这类运动的运动员比从事传统运动项目的运动员更容易受伤。你可以从冲浪、极限滑雪、高空弹跳、攀岩或者其他你喜欢的极限运动中进行选择，从中学习更多的相关知识。利用因特网阅读关于此项运动的知识。在这项运动中，有哪几种力在起作用？这些力与重力对运动员的成绩有什么影响？写一份有关极限运动的报告，主要说明如何进行该运动及其所伴随的危险，和班上的同学共同讨论你的报告。

 课 程 活 动

平衡动作

向下看你的肚脐，那里就是身体的重心。重心是物体所有部分(上部、下部以及侧部)受到的重力作用达到平衡的点。重心随着物体的不同而变化。对于摩天大楼、旗杆或者高大的树木，重心位于其上下两端和两侧的中间。

矮小的运动员

专业橄榄球运动员的肌肉都相当发达。然而，顶尖的5个全职跑动带球员和后卫中有4个身高只有1.78米，甚至更矮，他们是：沃尔特·柏顿、巴里·赛德斯、艾米特·史密斯和托尼·德赛特。这些都是技术十分娴熟的运动员，因为他们拥有大块头的运动员不具有的优势：重心更低。由于他们比较矮，所以其身体的重心较低，那些重心高的高个子运动员很难使他们失去平衡。

艾米特·史密斯

向下坠落的奥利奥饼干

1998年，10岁的罗斯·太普利在30秒内叠起23块奥利奥饼干。太普利并不是想把它们浸泡在牛奶里，而是参加了由纳贝斯克公司举办的奥利奥堆积比赛，并取得最后的胜利。为什么只有23块夹心饼干？因为随着堆积的增高，重力会战胜平衡力拉倒这些饼干。到了差不多24块饼干时，整个看上去就像是一个小饼干堆，但是比赛者只有30秒的时间。一名物理学家经过计算得到，如果不限制时间，在倒塌之前可以叠起一百多块奥利奥。试一试，在倒塌之前你可以叠起多少块奥利奥？完成后你可以有美味可口的点心吃！

弯曲你的膝盖！

滑雪橇滑雪、滑雪板滑雪、溜冰和冲浪的人在出发之前都会得到同一个建议：膝盖弯曲。这样做有什么帮助吗？首先，它降低你的重心，使你与雪橇、冰鞋和滑雪板表面之间的连接紧密，这意味着试图向后、向前或者一侧撞倒你的力要大许多才能把你撞倒。第二点，它使得下降高度更短一些，可能会使你的身体更安全。

击球手的重心变换

本垒打击球手马克·麦克格威（Mark McGwire）具有闪电般的反应力。但是在把球击打至看台时，他的重心发挥了很大的作用。事实上，这是由于重心的改变在帮助他击打棒球。等待投掷时，麦克格威把他102千克的身体的大部分倾斜到背后或者右腿，这意味着重心更接近于右臀部而不是靠近肚脐。这个击球手挥动球棒时，左腿向棒球的方向跨步，从而迅速地朝着呼啸的棒球的方向转换身体的重心。麦克格威的身体重心变换产生强大力量挥动球棒，将球打击出去，击出本垒打。

旋转的物体……

重心根据身体姿态的变化而变化，而且人的重心总是在身体之中。但是，回飞镖[1]（boomerang）沿着圆形轨道飞行时，其重心并不在实际的物体上，而是在两个端点之间的空中。回飞镖被掷出时，力的作用阻止其沿直线运动。掷出的回飞镖在空中穿梭时空气向上推它，同时向心力向一侧推它，这些力的共同作用促使回飞镖沿着圆形运动。

①澳大利亚土著用的一种飞镖，如击不中目标能飞回原处。

轮子上的重力

为什么自行车运动员爬坡时身体向前探出？道路向上的角度将重力作用线从直角变为倾斜，为了保持自行车的平衡，运动员越过手把往前拉伸身体，向前和往上移动重心，帮助他们骑到山顶。

重力活动

除了懒散地躺着外，可以选择任意一项你喜欢的活动，画一幅图或者写一段文字，说明活动期间你的重心如何变化、你可以控制重心的方法及如何控制重心对你会有所帮助。

课 程 活 动

幽灵还是骗局

世界上有许多地方看上去似乎没有重力，汽车好像在缓缓向上滑行，水看上去是向上流动。还有什么事情会发生呢？这些不寻常的景点大多已经成为旅游胜地，导游可能会说有科学不能解释的、奇怪的，甚至是幽灵的力量在发挥作用。其实，这并不是真的，科学可以描述所发生的事情，但是要说明这种现象，解决人们的知觉问题要比引用引力定律花更多的精力。

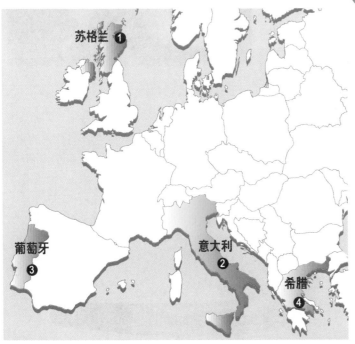

加利福尼亚大学柏克莱分校的心理学家亚瑟·斯玛穆勒和威廉·普林斯曼特对这些所谓的神秘的地点进行了研究，并在1998年美国心理学家协会的年会上针对永久的幻觉发表了一篇论文："若说这是一种视觉上的幻觉，并不会减少去那些地方的奇异的经历。"普林斯曼特说："它仍然十分奇怪。"

欧洲

1. 电子斜坡　位于苏格兰艾尔郡市的克罗伊海湾附近的A719大道。
2. 罗马南部的山脉　位于意大利弗拉斯卡蒂附近的科利阿尔巴尼。
3. 迈尔维拉德塞拉　位于葡萄牙里斯本西部的N247海湾大道。
4. 潘泰列克山脉　通往希腊雅典的上山大道。

在上面的每个地方，可以在特定的山上停下汽车，关闭引擎，打开紧急自动闸，汽车看上去好像正在缓缓上升。但是这只是一个自然界产生的光学幻觉。这些现象都发生在地平线部分模糊的山区或者沿海地区，眼睛会把一个实际上是下坡路段误认为是一段上坡路。

自然景观

5.引力山 位于美国犹他州的盐湖城。

6.幽灵山 位于美国佛罗里达州的威尔士湖。

7.俄勒冈旋风 位于美国俄勒冈州的金山。

8.神秘山 位于美国北卡罗来纳州的吹风石。

在每一处旅游胜地，都有被导游称为引力怪异的自然现象。在引力山、幽灵山和神秘山，球体好像都会缓慢地上升。在俄勒冈旋风，指南针会失去作用，光线扭曲，电力受到影响，物体被推向地面的中心，扔向空中的纸屑在落下时会一直盘旋。

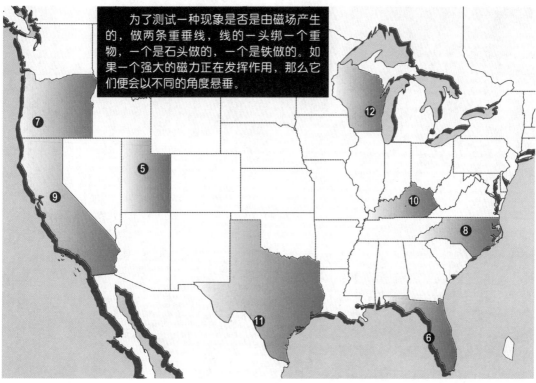

为了测试一种现象是否是由磁场产生的，做两条重垂线，线的一头绑一个重物，一个是石头做的，一个是铁做的。如果一个强大的磁力正在发挥作用，那么它们便会以不同的角度悬垂。

人造景观

9.神秘地 位于美国加利福尼亚州的圣克鲁斯。

10.大马克的神秘房子 位于美国开曼群岛的洞穴城。

11.神奇世界 位于美国得州的圣马克斯。

12.神奇地 位于美国威斯康星州的道尔顿湖。

这些景观由建造这些奇怪的房子的人所宣扬，他们声称在那里引力起不了作用。扫帚似乎颠倒过来，椅子不需要墙来平衡，来到这里的参观者不知道哪个方向是朝北，一些客人甚至感觉有些晕眩和恶心。导游说这些症状是那些发挥作用的奇怪力所产生的影响。一个比较可能的解释是耳朵内部的平衡机制被相互冲突的视觉信息所干扰，这种奇异的症状和运动病一样并不神秘。

神秘旅行

在因特网上进行调查，利用你所学到的引力的相关知识来解释这些或者其他神秘地方的现象。试着找出这些现象的图片，并解释你所看到的现象。

课 程 活 动

黑洞：太空中的空洞

提及自然科学，你是否有过一片茫然、不知所措的感觉？无论你怎样努力去理解一些科学概念，你似乎只能选择放弃，并认为自己的脑子早已是一团浆糊，不可能再装下任何东西了。如果你真的有这样的体会，或许你愿意做一次太空旅行，前往宇宙中密度最大的地方——黑洞。

在旅行开始前，你也许想知道自己要去的到底是一个什么样的地方，换句话说，就是什么是黑洞？黑洞曾一度被认为是冻结的星球。不过，实际情况也差不多。恒星是一个巨大的熔炉，即使是像太阳这样体积较小的恒星，对我们来说，也是不可思议的大，而且还有着非常强大的引力。这就是为什么太阳系中的行星是绕太阳旋转，而不是做杂乱无章的运动的原因。

恒星的引力与其核心能量所产生的向外的推力是相互平衡的，这样恒星才能免于被毁灭。当某一颗恒星的能量消失殆尽的时候，使恒星向外膨胀的力也就消失了，这时，引力就控制了恒星，并将其挤压成一个密度极大而体积极小的物质，就好像把地球上最高的山峰——珠穆朗玛峰挤压成一个弹球大小的物体，但是它的质量没有丝毫减少。黑洞的引力非常大，以至于不管物体以多么快的速度运动，都难以摆脱黑洞的引力场，即使是光也做不到。现在我们先不学习有关知识，一起去黑洞旅行吧，我们要乘坐航天器离开地球。

准备好了吗？

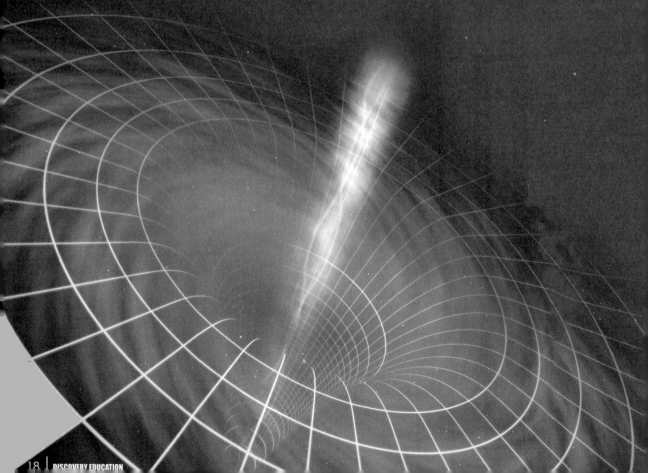

摆脱地球引力的牵引是非常容易的，只要速度达到每小时40000千米（每秒11.2千米）就可以做到，这个速度就是脱离速度。摆脱了地球的引力，你就飞向了银河系的中心，天文学家认为在那里有一个黑洞。这个黑洞的质量比太阳系大100万倍。由于黑洞的牵引，你可以在离目的地很远的地方就关闭航天器。在你接近黑色圆圈的时候，你会看到一个景象：一道弯曲的光围绕着一个黑色的物体。这道光线是一道边际，是天文学家称作的视界，是黑洞强大引力的边界线。光止步于这道边界线，是因为它的速度还是不够快，无法摆脱黑洞的引力。但奇怪的是，视界像地平线一样，看上去好像是静止的。但实际上，你所看到的光仍然以每秒30万千米的速度运动，却到不了任何地方。

顺便说一下，如果你的朋友正在地球上观看你的旅行，那么一旦你越过了黑洞的视界，他们就看不到你了。你从航天器发出的任何讯号都不可能摆脱黑洞的引力到达地球。所以，相对于地球上的人来说，你已经消失了。

越过了视界，你会感受到来自黑洞奇点强大引力的牵引，这个力与地球上形成潮汐的力类似。由于你的脚比头部更接近黑洞的奇点，你会发觉自己像是一块太妃糖一样被拉伸。身体中的每一个原子也都被拉开。

遗憾的是，你现在移动的速度太快了，以至于看不到任何东西。事实上，视界外的所有物体都被黑洞引力场所控制的光弯成奇怪的形状。速度更快了，离奇点只有几秒钟的距离了。你觉得自己像是被挤出来的牙膏。记得在翻转的过山车上的感觉吗？你的头似乎停滞在天空，而你的脚却被拉向地面。这里很像过山车，而速度要快上无数倍。刺激吗？开心吗？怎么了？你想回家了？你宁愿选择在家看看有关黑洞的书，而不是实地旅游，对吗？这可麻烦了，你知道，就算你的航天器可以达到地球脱离速度（每小时4万千米），却没有办法达到光速（每秒30万千米）。而事实上，即便是光也不可能摆脱黑洞的引力。再说，超过光速几乎是不可能的。所以，在前往黑洞旅行之前，最明智的做法是多问问。

知道了吧，去黑洞的旅行是单程的。

太空深处的旅行

假设你已经登上了黑洞的奇点。很明显的，所有的事物都被挤压成微小而极稠密的物体。如果一座山峰可以变成弹球大小的物体，你会有多大？取了自己的行李，就可以去"黑洞旅店"住宿了。想吃什么？毫无疑问，有的只是一些难以消化的食物。吃过饭，你拿起一些明信片。明信片的正面有什么？你想写些什么？写一篇日志描述一个想象中的稠密世界。

在重力作用下的坠落

1589年至1592年：伟大的科学家伽利略(1564—1642年)在意大利比萨大学担任地理和天文学教师。在这期间，这位年轻的教师开始撰写一本书，他把这本书命名为《关于运动》(On Motion)。虽然这本书从没有出版过，但是这著作中伽利略的许多有关重力和落体的思想和实验都被引用在他后来的著作中。

伽利略生活的年代比提出运动和万有引力定律的艾萨克·牛顿的年代早一个世纪。和牛顿一样，伽利略相信他那个时代宇宙的本质还没有被世人接受。在伽利略的一生当中，他树立了许多官方敌人，

因为他对他们的科学信仰提出了怀疑，这些信仰都是几个世纪流传下来的，并且被毫无疑问的接受。对伽利略来说，任何真理都是必须要经过证明的。

在下面的历史虚构中，笔者对伽利略思考落体和引力之间的关系进行了描述，其中引号中的文字是直接引用伽利略的原话。

比萨，1589年：这群乌合之众真是太愚蠢了，他们盲目地遵循例如亚里士多德和托勒密等古人已经过时的学说。要研究我们的世界，必须要亲自用眼睛观察到。"在自然科学中，众人的观点并不是值得一个人深思熟虑的原因。"

比萨，1590年：我对亚里士多德有关落体的运动学说怀疑很长时间了，大部分人接受了他的论点——落体在降落过程中速度保持不变。这个观点使我陷入了困境，更苦恼的是接受他的学说——落体的重量决定了其降落速度。

按照这个原理，让我们假设有两个物体，一个重10千克，一个重5千克，从同一高度坠落。根据亚里士多德的学说，重的物体将比轻的物体快二倍先落地。尽管这个结果看上去合乎逻辑，且实际上已经被好几代人所接受，但是不进行试验，我是不会接受亚里士多德的学说的。对我来说，一个真理要成为真理，除非"我们对可以测量的真理进行了测量，并使不能测量的真理能够测量。"如果有可能，我会按照下面的假设向令人尊敬的希腊人展示：假设我准备带着上述的两个物体，爬上比萨斜塔的塔顶。现在，假设我准备用一根绳子捆绑住这两个物体，并朝下丢，那么绑上了坠落速度慢的轻物体，这个新物体的坠落速度会比原来那个重物体的慢吗？还是绑在一起的两个物体形成的总重为15千克的新物体，坠落时会比10千克的物体快一倍半，比5千克的物体快三倍吗？如果亚里士多德的学说正确，那么这两个问题的答案应该都是对的。

然而，常识告诉我们这两个问题的答案都是不对的。未加思考的信仰和深思熟虑的理性之间的脱节仅仅是当今社会失败的例子之一。"当要我们否定我们自己的感觉，并且要必须服从外部的意愿时，谁来否决那些不合理的现象？"

比萨，1591年：我一直想证明我的落体理论。除了直接反对亚里士多德的学说，我坚信两个不同重量的物体坠落时，在坠落的最初过程中，轻物体会比重物体的速度大。另外，我还坚信落体的速度在坠落过程中一直增加。更进一步地，

我坚信所有的物体不管其重量大小，都以相同的速度坠落，都被来自我们脚下的大地之力向下拉。

比萨，1592年：长时间的工作和思考重新改变了我对落体的假设，我的学生们帮助我操作、观察和测量实验。在比萨斜塔上，我们一次次地丢下两个相同体积的球，一个是木制的，一个是铁制的。而我们实验观察到木球的坠落的初始阶段比铁球来得快。

至于我的理论的其他方面，铁球的确是在木球之前先落地，然而铁球的重量要比木球大上10倍，观察者同意重物体并不以比轻物体大十倍的速度坠落。尽管我的所有的物体以相同的速度坠落的理论没有得到证明，但是亚里士多德的理论还是被推翻了。最后，我的第三个论点，即物体坠落过程中速度一直增加的论点受到数学测量方面的阻碍，因此无法得到证明。尽管我相信它的正确性，"宇宙定律直到用数学语言写出来时才能够阅读，没有数学便不可能理解它们。"

佛罗伦萨，1636年：我在完成我的最新著作《两个新自然科学》(Two New Sciences)的时候，我终于能够进一步发展我的落体理论：在一个没有空气阻力的环境中，在坠落过程中，所有的物体以相同的速度坠落并获得相同的加速度。

速度控制

伽利略在比萨完成他的实验之后，他意识到由于空气阻力的存在，因而不可能证明所有物体以相同速度坠落的理论。既然我们已经到过太空中没有空气、失重的环境，就已经试验了他的理论了。那么试验引力对不同物体速度影响的时候，应该控制哪些变量？设计一个实验控制这些变量，并且能够在月球上实现。

课 程 活 动

重要的移动

平衡性极好的比萨斜塔

比萨斜塔是1173年在不坚实的土地上偶然建成的。仅仅建造了3层之后，塔就开始下沉，并且以每年0.13厘米的速度倾斜。现在大约从竖直位置倾斜4.5米。1990年，工程师们害怕这座著名的建筑可能会倒塌，于是关闭了该塔，对其基础进行加固。为何比萨人过了这么久的时间才采取措施？因为直到那个时候，该塔还是平衡的。会发生这种情况的一个原因在于建筑的重心位置。

从根本上说，一个物体的重心就是重力集中作用到物体上的那一点。如果这个点发生变化，物体就可能翻倒。理解这一点的方法便是思考你自己身体的重心，而这个点就在你的肚脐附近。如果你从重心向地面画一条直线，只要这条线位于你的双脚之间，你就能够弯曲或者倾斜而不会摔倒。如果你倾斜太多，那么你就会摔倒。

可以将相同的原理应用于比萨斜塔。如果你从其重心到地面画一条直线，你会发现这条线依然会达到这座建筑的地基。尽管塔的重心正越来越接近于地基的边缘，却依然没有达到。因此，在这座建筑物的地基陷入地面深处，重心超出地基的边缘之前，这座斜塔将依然矗立。毕竟，你也可以在摔倒之前倾斜得很远。

和咖啡一起摇摆

当你站在一列正在移动的火车上，你有什么地方和不会倾斜的咖啡杯一样的吗？答案是有很多地方。登上火车之后，你首先可能会做的事情便是叉开你的两脚。如果火车颠簸，这样你就会不容易摔倒，因为你有更多的空间从一侧倾斜到另一侧。对于不会倾倒的咖啡杯同样是应用这样的原理，其杯底比普通的咖啡杯大上许多，这意味着你必须要用很大的力量摇动杯身才能使其翻倒。

篮球和自行车的旋转

看到一些人在他们食指上旋转篮球使你很惊讶。这需要证明吗？试着在你的指尖上使球平衡，除非你使球旋转，否则很难做到这一点！旋转的球通过建立所谓的角动量使球稳定。同时，旋转总是重新分布重心。球不离开它的平衡点——你的手指——旋转，而不掉下。球旋转越快，就越容易"黏"在你的手指上。球的旋转速度降低时，角动量依然使其保持在你的手指上。速度更低的时候，球就开始失去平衡的旋转。尽管你从没有一边骑自行车，一边玩篮球的经验，但是骑自行车和在手指上旋转篮球这两个动作可是有许多共同点的，那就是它们都从旋转运动中获得稳定性。虽然重心在骑自行车时起着一定的作用，但是主要的作用在于自行车的两个旋转的轮子所产生的角动量，旋转的轮子的角动量使自行车不倒。和篮球的例子一样，自行车上的轮子旋转速度越快，角动量就越大，骑车时就越稳定。实际上，速度慢时很难保持稳定，因为力不够大。而且，自行车不行驶时，就不可能使其保持平衡或者自行站立，这就是自行车要有车支架的原因。

过平衡的生活

最近以来，汽车制造商对重心的问题更关注了，这就是更宽敞、更平稳的汽车被制造出来的原因。在你的学校走走，看看有什么东西经过你的重新设计变得更稳固了？画一张设计图和同学们一起探讨。

课 程 活 动

令人困惑的任务

太阳

水星　金星　地球　火星

一个由五名孩子组成的小组被挑选出来完成一项极其秘密的太阳系任务。他们的任务是到地球之外的每颗行星上收集信息、进行实验。把这些孩子分成不同的小组：一些人被分配作为助手，其他人单独完成任务，有的人在任务的不同阶段与一个以上小组的人合作。问题是什么呢？所有的信息和资料都弄乱了，唯一准确的信息是美国国家太空总署拥有的每一名宇航员在每颗行星上的重量。解决问题的唯一途径是查明谁和谁访问了什么行星。你能查明吗？利用第13页上列出的重力因子计算小宇航员的重量，把小数第一位的数字四舍五入到整数字，然后利用线索解决这个令人困惑的任务，制订一个计划保证你逐步解决任务。

任务小组

任务一：
一名男孩和一名女孩组成一个小组访问三颗行星。

任务二：
另外一名男孩和一名女孩访问另外的三颗行星。

任务三：
两个人一起访问金星。

任务四：
三个人一起访问木星。

每名宇航员在地球上的重量

克里斯托弗	45千克
克伊莎	37千克
贾尼斯	44千克
卡拉	37千克
托马斯	62千克

问题：

1. 谁访问了金星？
2. 克伊莎访问了哪颗行星？
3. 贾尼斯访问了哪颗行星？她的伙伴是谁？
4. 克里斯托弗访问了多少行星？
5. 整个任务当中，谁的伙伴最多？
6. 哪三个人一起访问了一颗行星？
7. 卡拉去了哪里？和谁在一起？
8. 根据任务小组的任务方案和线索，把每个人都正确地分入小组。

土星

天王星

海王星

冥王星

Clues

利用这些线索……

1 去火星的两个人的重量分别相当于地球上的14千克和23.6千克，这二个人在另一颗行星上的总重相当于地球上的92千克。他们还访问了另一颗行星，在这颗行星上有一个人的重量相当于地球上的1.48千克。

2 访问金星的两个人在金星上的总重量相当于地球上的97千克。

3 一个女孩在天王星和海王星上的重量分别相当于地球上的35千克和48千克。在其中一颗行星上，她和她的伙伴的总重相当于地球上的98千克。

4 访问一颗行星和三个人的总重相当于地球上的318千克。

5 卡拉没有访问冥王星。

答案请参照第30页。

我眼中的苹果

艾萨克·牛顿（1642—1727）

除了"苹果小子"之外，艾萨克·牛顿还一直是一名伟大的数学家和物理学家。牛顿出生于1642年12月25日，他用了毕生的时间进行实验并挑战科学思想。牛顿的著名理论是：发生在两个物体之间的引力，取决于这两个物体的质量大小和它们之间的距离。

在《艾萨克·牛顿回忆录》一书中，作者威廉·斯多克利(William Stukeley)描述了一段他和牛顿之间关于引力理论的谈话：

"吃过晚饭后，天气非常暖和，我们来到花园里喝茶，在苹果树的阴影下只有我和他。在其他的谈话过程中，他告诉我他的情形，当时他的引力概念已经正式成形了。当他处于沉思的情绪时，一颗掉下的苹果使他偶然产生了这样的想法。他自己想为什么苹果总是坠落到地面，而不向一侧或者向上运动，却总向地球的中心运动？可以肯定的是，其中原因是地球在牵引着它。物质中必定存在一种牵引力，而地球的物质中的牵引力的总和必定指向地球的中心，而不是指向地球的任何一侧。"

牛顿相信由于地球比地球上面的任何物体都大许多，所以它产生的引力最大。这就是为什么我们都被拉向地球的中心，而没有掉到太空中的原因。

重力的佳作

没有牛顿，我们可能今天还不知道重力的知识，而这项知识使我们今天拥有许多有趣和有用的东西。看看下面的资料来了解重力在你的周围是如何发挥作用的。

疯狂的过山车

过山车依靠着重力运动。重力拉动过山车下山，它下山时聚集的动量推动其爬上下一个山坡。看看一个在环形轨道中的过山车！一旦你系着安全带并到达车道的顶部，重力会向地面拉你，但是动量会向上推你。在你到达顶部之前重力降低你的速度，然后当你沿着轨道下落时就会加快你的速度。

什么使他上升

一名滑雪者在加拿大的布莱克穆山参加比赛。沿着斜坡下滑时聚集的速度把他送向天空。但是，当他进行空翻和旋转表演时，他是在反抗着持续向下拉他的重力而运动。

无重力游乐园中的0重力

在佛蒙特州拉特兰郡的无重力溜冰游乐园中，所有年龄的人都在向重力挑战。动量把溜冰者和骑自行车的人带上陡峭的斜坡，但是重力最终会把他们向下拉回来。

太空事例

在观看宇航员在航天飞机中空翻和旋转时，大部分的人认为他们是在飘浮。实际上，这种感觉更像是自由落体，虽然由于他们所处的环境使他们感觉不到是在坠落。麦克·姆兰因是一名完成过三次航天飞行任务的宇航员，他说："毫无疑问，除了呕吐和背部疼痛之外，失重可能是有趣的。只要用手指轻轻一碰，你就可以飞过驾驶舱，而且在地球仿真实验中，我们很难处理的重物也可以毫不费力地移走。"

球体的坠落

课 程 活 动

你需要两个球，一个重一些，另一个轻一些。同时，你需要一块光滑的纸板和一些黏土。首先，从同一个高度同时把球丢到纸板上，哪一个先落到纸板上？接着，把黏土覆盖到纸板上，确保其表面光滑，让球落到黏土上，哪一个先落下？哪一个陷入黏土更深一些？为什么？写一篇文章解释你的想法。

引力：顶级探索家

需要一架升降机吗？

你是否看到一些人神奇地升到空中？这种把戏是首先由一名叫做巴德斯的魔术师完成的。巴德斯浮起是一种欺骗观众相信某些人或者某些物体可以飘浮在空中的幻觉。但事实上在一般情况下，是有某种绳索把人带到空中，这就是为什么幻觉并不是真实发生的原因。

但是，物理学家们一直对飘浮进行实验。1996年，欧洲科学家使一只青蛙飘浮在空中，成为当时的标题新闻。他们是如何做到这一点的？这是因为所有的物质包括人都是微小的磁体。

如果物质处于一个非常强大的磁场中，物质的原子就会改变运动方向形成一个相反的磁场。如果磁场是竖直的，那么磁力就会克服重力使物体飘浮。但是，不要在家中尝试这么做！因为磁力如此强大，以至于它们可能会有生命危险。科学家们利用一个强大的电磁场使青蛙飘浮。但是直至今天，他们还没有成功地制造出一个足够强大的电磁场能升起一个人。因此，把你的脚牢牢地保持在地面上可能是一个好主意。

增高的神话

没有重力，你的脊椎会伸长，你会长高。这正是太空中发生在宇航员身上的情况：他们身高大约增加7厘米。但你不必到火星上去了解重力如何对你的身高产生影响，在地球上你的脊椎已经被重力向下压缩了。试试下面的实验，看看摆脱了重力后你的身高会有什么变化。

1. 把一张空白纸贴在门上，高度与眼睛持平。
2. 早上一起床，就拿起一把尺和一支铅笔来到门前，背靠着门光脚站立，把尺平放在头顶，用铅笔在尺与纸接触的地方作一个标记。如果有必要，也可以请别人帮你。
3. 晚上睡觉之前，和早上一样进行测量，第二个标记在哪里？为什么？
4. 第二天早上再次进行测量，发生了什么情况？你认为它为什么会发生？

脸部变形

在地球上，你的身体总是和重力对抗。重力想向下拉你的器官、肌肉和骨骼，但是身体希望向上保持它们的位置。幸运的是，在地球上这是一个平局。但是在太空中，重力减小，你的身体轻而易举地获得胜利！重力的影响减少，你的身体就会出毛病。所有的东西都向上动。水和血冲向你的头部，腿看上去好像是皮包骨头。在太空中你的脸看上去是什么样子？把你的头朝下倒立照一照镜子。你看到所发生的事情吗？流质冲进你的面部，重力向地面拉你的脸。在太空中，流质均匀分布在身体内，没有足够的重力向下拉你的脸。

空中飞人

如果说到挑战重力的运动员，那么他就是迈克尔·乔丹（Michael Jordan），他被称为是20世纪最优秀的运动员之一。这位著名的前芝加哥公牛队的篮球明星被授予"空中飞人"的称号，当他每次带球跃起时都好像飘浮在空中。乔丹跳起扣篮时，看上去就好像要永远盘旋在空中。乔丹没有真正地利用其又高又远的跳跃挑战重力，他仅仅是试图挑战牛顿定律。然而即使对乔丹来说，牛顿定律也是正确的：升起的物体必然要落下。

月球在急速运动

为什么月球不会飞到外层空间？因为引力。它使月球围绕地球旋转时，保持在轨道上。引力如何作用？在家中试试下面的操作，指出其中的原理。

1. 拿一个网球，在它周围用一根有弹性的带子缠上几圈。
2. 在有弹性的带子上系一根5厘米长的绳子，确保牢固。
3. 清除你周围的任何东西和人，抓住绳子的另一端，在头的周围使其迅速旋转一分钟。
4. 发生了什么情况？球被升起，沿着一个以头部为圆心的水平圆运动。旋转运动和绳子扮演了引力的角色，使得球保持在一个固定的圆中。但是，如果你松开绳子从而取消了引力，球就会飞出去。然而幸运的是，地球引力产生的拉力不会松开。如果松开了，月球就会脱离轨道飞到太空中。

晕眩药

没有重力，你的平衡感就会失常。内耳中有一个微小的运动传感器，在失重的情况下，由于这些传感器不能分辨出哪个方向是上，它们就会发送混乱的信号。同时，你的眼睛仍会看到地板朝下，天花板向上。眼睛和耳朵之间这些混乱的信号使得你感到恶心。这就是一些人患运动病的原因。当人们旋转、坐过山车之后便会有此症状，且最后会使其荷尔蒙混乱。宇航员在太空飞行时也会遇到同样的情况。在失重情况下，如何才能不会感到恶心？闭上眼睛就不会使耳朵传感器混乱，慢慢移动，头部不要摇晃，通常这样可以帮助宇航员消除失重时的恶心症状。

海洋深处

想象一个没有什么从背后或者从下方支撑你的世界。20世纪60年代，海洋学家雅克·伊弗兹·克斯蒂奥(Jacques Yves Cousteau)试图使这个梦想成为现实。克斯蒂奥决定证明人类可以在水下生活，所以他开始进行一个叫做"科史尔夫"(Conshelf)的计划。在"科史尔夫"计划中，水下生活真的成为现实。

1962年，克斯蒂奥的"科史尔夫"计划使两名科学家在海洋的25米深处生活了一周。"科史尔夫"的部分任务是考察海洋深处的秘密，这些"潜航员"决定证明他们能够并且应该生活在海洋的下面。此项计划成功之后，克斯蒂奥用"科史尔夫二号"继续他的工作。他和5名科学家在红海11米深处生活了一个月，但是在海洋深处的生活却产生了一些严重的问题。潜航员忍受着有限的空气供给、减压危险及水下的低可见度，而且一个月的时间生活在密封的住所，没有陆地出口，没有假期。克斯蒂奥在"科史尔夫二号"的生活实验被拍成一部获得奥斯卡奖的电影《没有阳光的世界》(World Without Sun)。

由于克斯蒂奥首先进行了水下生活实验，使得其他科学家和政府机构也开始建造许多水下人类生活环境。从1964年至1969年，已有5处不同的水中的人类生活环境用于实验。今天，一些水中的人类"住宅"用于科学研究以及旅游事业。原因是什么？当地球污染严重以至于不能承受人类生存时，探索水下世界并证明在水下生活是非常容易的。

请做一些研究来学习人类所建造的其他海洋人类生活环境。潜航员们在试图建造水下商店的时候遇到了什么障碍？在克斯蒂奥和其他潜航员申请建造水下住宅的时候，受到什么动力和压力的影响？

思考你所知道有关水的浮力、重力及其他压力的知识，为你和你的家人建造一个水下生活环境。画一幅图，解释你的水下住宅如何运作，它看上去会是什么样子？你和你的家人如何安全地生活在水下？在你的水下住宅中，为了帮助你过一种和生活在陆地上的人类相似的生活，哪些东西是必需的？

只有下沉到水下，才能够获得自由。有水支撑着，人类就可以飞翔。

——雅克·伊弗兹·克斯蒂奥

第24页至第25页"待解之谜"的答案

1. 克里斯托弗和托马斯。
2. 火星、土星、冥王星和木星。
3. 天王星、海王星、水星。克里斯托福是贾尼斯的伙伴。
4. 4个：天王星、海王星、水星和金星。
5. 托马斯、克伊莎、克里斯托弗和卡拉。
6. 卡拉、克伊莎和托马斯。
7. 卡拉和克伊莎、托马斯去了木星。
8. 任务小组

   任务一：克伊莎和托马斯去了火星、土星和冥王星。

   任务二：贾尼斯和克里斯托弗去了天王星、海王星、水星。

   任务三：克里斯托弗和托马斯一起访问了金星。

   任务四：托马斯、克伊莎和卡拉去了木星。

热

热

　　"现在是正午12点，室外的温度是33.3℃，相对湿度是75%。今天的天气预报是晴转多云……"

　　哇，真热！当你漫无目的在海滩闲逛时，天上的太阳发着虎威，你的收音机正低吼着。低头瞥看沙滩，你发现带着热气的浪潮正漂在热沙上，你几乎可以感觉到地球被晒得滋滋作响。皮肤吸收着阳光的辐射能量，让你越来越热。你的皮肤开始流汗，帮助你散热。躺在海滩伞的阴影下，也会让你凉快些。海滩伞吸收了阳光中的辐射能量，再经由金属杆传导到沙中，就像避雷针保护房子不受雷击一般。

　　是温度让你觉得很热吗？不尽然。温度只是测量"热"的数字指针。所有的物体都有热，只是热量的多少不同罢了。海水和沙子都吸收了阳光中的辐射热，但方法不同。沙子吸收辐射热的速度比海水快，这解释了为什么正午时的海水比沙子要凉快多了。"热"其实是一种由于原子和分子运动而产生的能量。

　　"热"无所不在，它的传递方式有以下三个：

辐射

　　阳光中的能量以电磁波的辐射方式传递，尤其是红外线。在沙滩上接收的太阳能主要是红外线。你的身体吸收了红外线，并且转换成热能，但不是所有的热能都被吸收。当你吸收了这些热能，身体的能量就会增加，因而觉得越来越热。

传导

　　热能以传导的方式在海滩伞的中心杆中转移，伞杆中的分子增加了运动能量。当你坐在沙滩上，沙子不仅会吸收日光，也是传导热的良好媒介。假如阳光直接照射某个部分的沙子，邻近区域的沙子也会变热。结果所有的沙子都变热了。

对流

　　热空气会上升，是吗？是的。空气中的热因为气流的作用而转移，于是产生了对流现象。当你周围的空气变热时，这些轻而温暖的空气会上升，而凉爽且密度较大的空气则会下降。由于热的分布不平均，造成了空气对流。切记："热"永远存在。

炽热的太阳内部

热源——值得深究的红外线

问：我们正跟红外线探讨热。虽然我们看不见它，但我们相信正在跟我们说话的就是红外线本身。红外线，你在吧？

答：当然。相信我，我就在这儿。我能让东西变热——比你能看到的太阳光还热。

问：是的，我们知道你有这种本事。事实上，有人说你是"热"的专家。

答：嗯，我讨厌自吹自擂，但我想这个称呼也算贴切。那可是需要花上一天、一年，甚至是数百万年的大过程。

问：你的意思是什么？

答：我是说，要成为一个专家不是那么轻而易举的事，这个过程要花上很长的时间，要走很远的距离。正确地说,应该是1.5亿千米。

问：1.5亿千米？听起来确实遥不可及，从地球到……

答：太阳。你说对了！那个巨大的发光球体，是最靠近地球的恒星，几乎也是地球上所有能量的来源，你可以称它为"地球的能量恒星"。

问：但太阳怎么可能是地球的能量来源？它那么远。

答：就整个太空来说，这点距离根本不算什么。除此之外，虽然太阳距离有1.5亿千米远，但它却非常炽热。事实上，太阳是一个巨大的火炉，核心处有氢和氦两种元素，可以释放很多能量。

问：太阳到底有多热呢？

答：太阳每秒种可以释放出的能量等于数百万颗氢弹同时爆炸的威力，它的核心温度高达15 000 000℃。

问：哇塞！真够热的，那么……

答：热会从高温处流向温度较低的地方，所以热会从难以置信的高温的太阳核心向外转移到太阳中比较冷的部位。

问：转移到哪里？

答：就在核心外层。不过由于这个部分非常厚，所以热能必须花上好几百万年才能穿透。

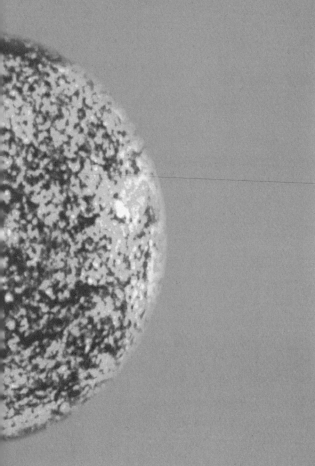

阳，手会变热，就是因为它吸收了辐射能量后转换为热能，这就是太阳为地球上的物体加温的方式。

问：真有趣！不过还有一件事，如果太阳一直像你所说的那样释放光，不怕有烧坏的危险吗？就像一个因过度使用而报废的旧灯泡。

答：呃，太阳大约还能努力工作50亿年左右。

问：然后会发生什么事呢？

答：科学家说太阳会把氦溶入较重的元素中，到时候太阳会胀得很大，将地球一口吞噬。再过10亿年后，太阳会退化成一个白矮星，然后再花上万亿年的时间让这颗火球冷却。

问：哇！那到时候你会变成怎样呢？

答：这个嘛，我想只好——鞠躬下台了。

问：接着热能就来到地球了吗？

答：还没有。它还得穿过另外一个比较冷的区域，大约3 888 871℃，接着才会完全离开太阳。

问：然后热能终于被转换了吗？

答：没错！热能转换成光，这些光有着不同的波长。就拿我红外线来说，我的波长比人们所能看见的任何光线都长，而微波和无线电波也都是辐射线。事情还没完呢！

问：还没完？

答：当然！因为地球上的物体会吸收辐射能量，然后再转换成热能。把你的手朝向太

感觉"热"

1. 要探究辐射能产生热的特性，需要准备两个玻璃杯、两支温度计和一个放大镜。
   在两个玻璃杯中都装上半杯水。

2. 将两支温度计分别放入两个杯子中，确定两杯水的温度相同。

3. 再将这两个杯子置于阳光下，并且将升高的温度一一记录下来。

4. 用放大镜将阳光聚集在其中一个杯子上，注意温度的升高情况。

5. 水温的升高和阳光的辐射能之间有何关联？

 课 程 活 动

热能转移

你也许不认识加布里埃尔·华伦海特(Gabriel Fahrenheit)和安德斯·摄尔西乌斯(Anders Celsius)，但是你一定知道与他们名字有关的华氏温标与摄氏温标，就如以科学家詹姆斯·瓦特(James Watt)命名的单位"瓦特"一样。那么你也就不难猜出力的单位——"牛顿"是以谁的名字命名的了。

一如科学家的名字，不是所有的测量法都是大家所熟悉的，例如以詹姆斯·焦耳(James Joule)命名的能量单位"焦耳"，或以开尔文(Lord Kelvin)命名的绝对温标。这些科学家在研究热力学或热能的转移上都有极大的贡献。

詹姆斯·焦耳生于1818年，以酿造啤酒为生。他常利用闲暇进行与热能和电流相关的科学实验。据说，因为他热衷于研究，甚至连去瑞士度蜜月时，也要挤出时间测量当地瀑布的温度。

焦耳知道热与物体的运动有关，比如马达转动时会产生热，因此焦耳开始测量不同的运动量所产生的热能。他从一个简单的推论着手：较多的运动应该会产生较多的热。他推断大瀑布底下的水，应该比小瀑布底下的水温暖。因为当水由高处落下，应该有较多的能量来产生热。

然而当焦耳改进他的测量系统时，他发现了自己的错误。原来运动不是简单地"产生"热，而是与热相互转化。当物体移动或电动机运转时，有些运动转换或转变成热。焦耳逐渐得到一个重要的结论：热只是另一种形式的能量。运动可以被转换成热，而热也可以被转换成运动。

焦耳写道："没有能量被破坏，也没有能量消失。"能量被保存或保留，宇宙中的能量是恒定的，只是表现的形式不同。为了对焦耳表示尊敬，世人用他的名字作为能量的单位"焦耳"（缩写成为J）。焦耳广泛使用在物理学中，例如，1克的水上升1℃需要4.18焦耳的能量。

焦耳测量瀑布的温度以了解热能。

詹姆斯·焦耳（1818–1889）

问问开尔文

开尔文的原名是威廉·汤姆生（William Thomson）。他的父亲是科学教授，他在10岁时就进入大学就读。据说他8岁时就已经开始在课堂上听父亲讲述科学，并总是挥舞着高举的手，希望能被叫到。

开尔文以研究热而闻名于世，他的成就之一就是以绝对0度（可能达到的最冷温度）为基础的绝对温标。绝对0度是当所有运动停止时的温度，即 -273.15℃。当然绝对0度几乎不可能达到。以绝对温标（开氏温标）测量，教室的温度约是294开尔文（294K）。

跟焦耳一样，开尔文在热力学上也是贡献卓著。开尔文推断，大量运动着的物体或携带其他能量的物体，其能量会逃逸到周围环境中。这点可以用一碗热汤来解释：汤的热量会不断散失，直到与房间的温度相同为止；而且热永远不可能自己再回到汤中，因为热的流动只有一个方向——由高温处流向低温处。

开尔文同意焦耳关于能量守恒的理论，并进一步研究。虽然能量的数量不变，但能量本身有分散的趋向。利用已经分散开的能量是非常困难的。我们无法将跳跃的球或电动机中的能量转换成可以利用的热能；有些热在被重新利用前就跑掉了。

焦耳和开尔文的理论对于人类的未来意义深远。举例来说，如果开尔文是对的，那么有朝一日，所有宇宙中可以利用的能量就将会分散成无法利用的形式。担心吗？别庸人自扰了，那是好几十亿年后的事了。

开尔文爵士（1824-1907）

热的流动只有一个方向：由高温处流向低温处。

杯中的融化

温度可以告诉你某个东西有多热，但不可能一直保持着相同的温度。举一个简单的例子，准备两个杯子、两支温度计和三块冰块。一个杯子中放入两块冰块，另一个则放入一块冰块，然后各放入一支温度计。冰块的温度是0℃，杯子里的冰块温度相同。你认为这些冰块的融化速度一样吗？预测一下，再观察冰块的融化情形。为什么其中一个杯子的冰块融化得比较快？既然这些冰块的温度相同，那么还有哪些因素需要一并考虑？将你的观察心得记录下来，说明温度和热的不同。

课 程 活 动

为测量而测量

下次吃冰激凌时不妨想一想：冰激凌是冰的，却含有热能。事实上，所有的东西都含有热能，包括宇宙中最热和最冷的物质。现在让我们来看看测量热能的所有方法。

验温器是什么东西？

1600年左右，伽利略发明了最原始的温度计，称之为验温器(如左图)。他发现物体受热时会膨胀，冷却时则会缩小。虽然验温器还不是十分精准，但却是现在所有温度计的始祖。

几度了？

物体的热能可以用温度来测算，我们通常以温度计来测量温度。温度计有很多种类，但以水银温度计最为常见。

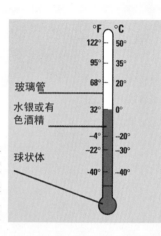

玻璃管
水银或有色酒精
球状体

冷的极限

绝对0度(0K、459℉或−273℃)是物质可能达到的最低温度。在绝对0度下，所有的运动都停止。虽然科学家已经在实验室中创造出接近绝对0度的温度，但仍然有些微的差距。比较下列温度：

航天飞机主引擎中的液化氢 = 20K(-423℉或-253℃)
外层空间 = 3K(-454℉或-270℃)

提纲挈领

比较一下常用的温度

	华氏/℉	摄氏/℃	开氏/K
水的冰点	32	0	273
水的沸点	212	100	373
人体温度	98.6	37	310
室温	68	20	293

关于温标

温度计以三种温标来测量温度：华氏温标(F)、摄氏温标(C)和绝对(开氏)温标(K)。不同于其他国家，大部分的美国人以华氏温标来测量体温和气温。虽然实验室和教室大都使用国际单位制的温标系统(摄氏和绝对温标)，不过科学家和学生偶尔也需要使用到华氏温标。以下介绍三种温标的换算方式：

▲华氏换算成摄氏：$℃ = (℉-32) \times 5 \div 9$
▲摄氏换算成华氏：$℉ = ℃ \times 9 \div 5 + 32$
▲摄氏换算成绝对温度：$K = ℃ + 273$

热到冒泡

在一个万里无云的夜晚，走到屋外抬头看：最热的东西就在你的头顶上方！星星的温度从摄氏数千度至数十亿度。比较下列的酷热高温：

	华氏	摄氏	开氏
厨房炉火	1832℉	1000℃	1273K
熔岩	3632℉	2000℃	2273K
灯泡丝	7232℉	4000℃	4273K
太阳表面	10832℉	6000℃	6273K
闪电	99032℉	55000℃	55273K
太阳中心	27000032℉	15000000℃	15000273K

热力学

热力学是研究热的运动方式。热的一项物理定律是：热只能由高温物体流向低温物体。

寒冷

你可曾注意到飕飕寒风到底有多冷？低温夹带着寒风带走你身体的热量，气象报告的专业术语称之为风寒指数。如果室外温度是−3.8℃，而风速是每小时48千米，感觉起来的温度就像是−10℃。下表中的第一行表示气温，左边第一列则是风速。你可以在气温和风速的交会点上发现风寒指数，开始吧！

气温（℃）

风速（千米／时）	35	30	25	20	15	10	5	0	−5	−10	−1
10	22	16	10	3	−3	−9	−15	−22	−27	−34	−40
20	12	4	−3	−10	−17	−24	−31	−39	−46	−53	−60
30	6	−2	−10	−18	−25	−33	−41	−49	−56	−64	−71
40	3	−5	−13	−21	−29	−37	−45	−53	−60	−69	−76

厨师，请注意！

水的沸点是100℃？没错，但是这个温度会随着地势高度而改变。地势越高，水的沸点就越低。高海拔的地方气压会比较低，所以烹调时要做些调整。请看右表。

地点	海拔	沸点
中国的珠穆朗玛峰	8844.43米	71℃
英国伦敦	海平面	100℃
美国佛罗里达州的迈阿密	3.35米	99℃
以色列的死海	−395米	101℃
美国科罗拉多州的丹佛市	1603米	95℃
美国阿拉斯加的麦金利山	6194米	80℃
美国加州的死谷	−86米	100.6℃

注意：温度只是近似值。

记录沸点

选择四座城市，并找出每座城市的海拔和沸点数据，根据这些数据画出曲线图。然后再选择另外四座城市，试着预测每座城市的沸点。

喜马拉雅山的珠穆朗玛峰

课 程 活 动

热的产生

热是拥有神奇魔力的一种能量，足够的热能可以让水变成蒸汽、面粉糊变成蛋糕、木头变成灰烬。自从史前人类发现生火可以取暖、烹煮食物和防卫之后，人类的日常生活中就离不开热了。我们对热的需求跟史前人类并没有多大的差别，只不过科技进步了，昔日钻木取火，如今是热水器、煤气炉和微波炉。

聪明的建设

工程师必须建造安全的道路和建筑物。混凝土和金属是建筑房屋和桥梁常用的材料。这两种材料是很好的热导体，遇热时它们会膨胀，因此建造高架桥时，必须预留热膨胀的空隙。旧金山金门大桥在大热天时，其中心跨幅要比天气冷时长0.45米。如果没有预先留下空隙，那么这座桥势必会因为推挤的压力而塌陷。铁路也是同样的道理：铁轨间总是会留下小缝隙，以调节车轮通过铁轨时因摩擦所产生的热。

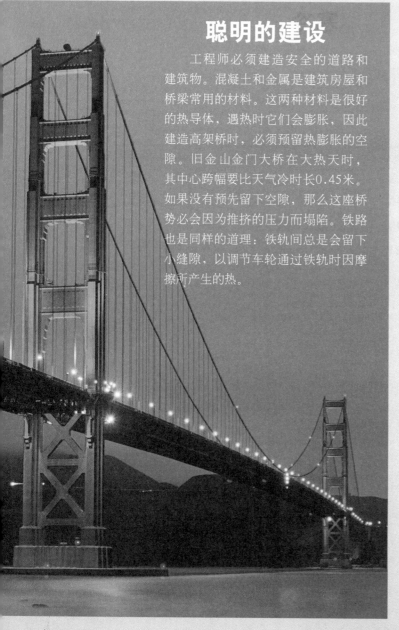

热的堆积

干草堆、堆肥或其他腐烂的东西会突然起火燃烧，这是因为物体在腐败的过程中会产生热，如果热量足够就会发生自燃现象。

在凯伦·库什曼(Karen Cushman)执导的《见习助产士》一片中，主角碧妥对于"热"有些了解。她是个中世纪无家可归的孤女，又冷又累，渴望找个温暖的地方睡上一觉。

"动物的粪便、垃圾和烂稻草堆成一座小山，腐烂使它们产生热。因为臭气熏天，很少有人会注意到这一点，但这位女孩注意到了。在那个寒冷的夜晚，她不顾恶臭，在腐烂的垃圾堆中挖了一个温暖的窝。"

闪电

热的移动引发了一个相当有趣的现象。如果你曾经历过一场雷雨，就会知道短短几秒钟就可以发生很多事。热在雷雨中扮演着重要的角色。首先，由于巨大的电流释放而产生闪电，这道闪电将其周围的空气加热至30 000℃，并迫使空气迅速膨胀，从而引起电波然后是声波——于是你听到了打雷。

茅塞顿开

你知道吗？由灯泡散发出的能量中，只有10%是光能，其余的大部分是热能。

热的定律

热的一项重要物理定律，就是热由高温处流向低温处——绝对不可能反其道而行之。在汤姆·斯托帕德(Tom Stoppard)的剧本《世外桃源》第七场第二幕中，两个角色对这个现象有些看法。

华伦泰：听着，你的茶快凉了。

汉纳：我喜欢喝凉茶。

华伦泰：我想告诉你的是，你的茶会自己变冷，却不会自己变热，你不觉得很奇怪吗？

汉纳：不会呀！

华伦泰：嗯，这很奇怪。由热变冷，是一条单行道，你的茶随着室温而冷却。这种变化对万事万物皆通用，就算是太阳和星星。只要花上一些时间，都会消失。

享受泡热水澡之乐

日本人乐于享受泡澡带来的各种好处。将身体稍加冲洗后，浸泡在一个大的木制或金属浴缸中，水温通常维持在43℃左右或更热。这种泡澡方式多用于私人住宅中。

如果浴盆是木制的，那么就可以多泡一会儿，因为木材是极佳的绝缘体，可以长时间保温，热驻足的时间就会长些。

控制不住的热

在四个不同大小的容器或碗中注入等量的热水。每个容器的材质各不同，比如聚苯乙烯泡棉、陶瓷、金属和木头。在15分钟内，每隔5分钟测量一次各容器的温度。哪种材质导热快？哪种材质的隔热效果最好或保温性能最好？

课 程 活 动

保温大行动

你也许会开玩笑地说自己热血沸腾，那可能比你所想的还要接近事实！人类就像鸟类和哺乳动物一样，都是温血动物，可以自己调节体温，确保身体处于恒温状态。但是爬行动物、鱼类、昆虫和两栖类动物却都是冷血动物，它们的体温会受到外界环境温度的影响。

冷"毙"了

有些哺乳类动物会以冬眠的方式越冬，而有些动物不是整个冬季都在沉睡中，因此称不上是真正的冬眠。真正处于冬眠状态的动物会停止身体调节体温的机能，因此体温会降得远低于正常标准。

睡鼠(见左图)是冬眠动物，它的身体经历了许多复杂的改变：呼吸减缓至一分钟一次、心跳变得非常微弱、体温骤降至与周围空气一样低。在这种情况下，睡鼠看起来就像是死了一样。

熊不是冬眠动物，它们只是休息。一旦熊进入冬天的沉睡状态，其体温会由37℃降到34℃左右，心跳也会趋缓。但是熊并没有完全停止身体调节体温的功能。休息期间，喧闹的噪音还是可以将它吵醒。所以别被骗了，记得不要打扰熟睡的熊哟！

活动中的睡鼠

热到不想动

在某些酷热的地方，动物——通常是冷血动物——会夏眠，进入一种似睡的静止状态。澳洲穴蛙(见右图)会在地上挖洞穴居，以度过炎热的夏天。穴蛙有一层防水皮肤，看起来就像是密封的塑料袋，以适应外界的干燥与酷热。一旦雨季来临，穴蛙就会马上脱去它的防水皮肤并且钻出洞穴。

极强的适应能力

冷血动物和温血动物一样，都以不同的方式保护自己，不受极端温度的伤害。

1. 极地的灯蛾幼虫，一生都在为避免被冻死而奋斗。当体液凝结，冰晶的膨胀会使细胞受到伤害，往往也因此而造成死亡。所以灯蛾幼虫可以分泌特殊的化学物质以避免细胞结冰。

2. 鲸鱼有一层厚达0.6米的皮，可以用于隔绝冰水。

3. 帝企鹅有一层厚厚的皮下脂肪，用以抵抗南极的严寒冬天。紧贴着皮肤还有一层柔软的羽毛形成的保护气囊，防止热量散失。御寒措施如此完善的企鹅登陆后，得小心别热昏了！

4. 北极熊的毛是由透明中空的毛发组成，可以收集并吸收95%的阳光。毛下是一层脂肪，因此其体内的热量很少散失，几乎无法用红外线感应器勘查出热的反应。

5. 极地豹纹蝶将翅膀转向阳光，翅膀就像是天然的太阳能板，可以吸收阳光中的热。

极地的灯蛾幼虫

极地豹纹蝶

帝企鹅和它的小宝贝

冷还是热？

我们的皮肤就像天然的温度计一样，对冷热的变化非常敏感。但感觉可能会骗人。自己可以进行以下的试验。你需要三个咖啡杯、水和一支温度计。在一个杯子中倒入冷水，另一个杯子倒入热水，第三个杯子则倒入温度与室温相同的水。分别将两根手指放入冷水和热水中并数到20，然后将这两个手指放入温度与室温相同的水中。哪一杯水感觉起来比较冷？写下你的观察心得，并且记录每杯水的温度(使用温度计)。记录水温要在温度计插入水中20秒后读数。现在，再把另一只手的两个手指放入装有冷水的杯子1分钟，而后将这两个手指放入与室温相同的水中。你对水温有何感觉，想想看为什么会如此？

课 程 活 动

北极熊

研究绝对0度

摄氏0度很冷，华氏0度更冷，不过绝对0度——相当于－273℃则勇夺冠军。随着温度的降低，原子和分子的运动会逐渐趋缓。在所谓的绝对0度，原子和分子则一动也不动。实验室中目前还未创造出完全没有运动的状态。物理学家企图制造并维持超低温状态，以研究低温下的种种情况。他们现在正研究极端温度下物质的超导电性和超流动性。这项研究工作的成果将带来更精确的计时、更快速的计算机和更安全精准的医学科技。

比尔·菲利普博士在他的俘获原子的实验室中

有多冷？

物理学家比尔·菲利普(Bill Phillips)研究绝对0度已超过20年。在位于马里兰州吉德斯堡的国立度量衡标准与工业技术学会(NIST)的实验室中，他和他的同事仿真宇宙中最冷的温度——距离绝对0度只差百万分之几度。自然界的最低温度只有在外层空间才找得到，那里的温度比绝对0度还高3度。

在实验室中，菲利普使用激光或聚光束来减缓气体中的原子运动，然后将这些原子"俘获"在电磁场中，以一个真空室隔绝其他原子。在室温下，很难对原子进行研究，因为它们移动得太快。而研究被冷却和被俘获的原子就比较容易，尽管它们只能维持1分钟。菲利普形容原子减速、冷却，最终被俘获的过程就像一股水喷射到高速而来的网球上。

研究这些极度冷却的原子，目的之一是改进位于他实验室中的美国原子钟。这个原子钟是世界上最准确的钟，用途很多，包括维持高速的通信系统、计算银行的转账、调节高压输电网，还有将美国宇航局在太阳系中的旅程画面同步传回地球。

冷度保持

分、秒、百万分之几度……菲利普的研究需要不可思议的精确性、时间、温度、电磁场和其他条件都必须一再测试至极度准确，激光和其他设备也必须调整

科学家凝视着真空室中的一个小黄点——极度冷却的钠原子

到最精确的规格设计。而且，因为噪声会影响到整个实验，他必须保持实验室的黑暗与安静。

菲利普在1997年因为这项研究获得诺贝尔物理学奖，他说："获奖是无比的荣耀，而工作受到公众肯定和研究上的首次发现都令人雀跃不已。"

超导电性有何过人之处？

绝对0度的研究对于现代科技来说意义深远。它已经改变了我们的世界。除了原子钟外，另一个绝对0度的实际用途是超导电性——没有电阻的导电能力。某些物质在很低的温度下会失去它们的电阻，这意味着电流不会因发热而损失其能量。超导体是电磁铁的重要部分，因为它可以携带非常强大的电流，对于建构一个强大的磁场是不可或缺的条件。电磁铁是核磁共振仪（简称MRI）的关键部件。一个MRI机器使用无线电波以建立人体内部构造的三维影像，精细度超过X光。医生用MRI来检查脆弱的人类软骨、薄膜和脑部组织。在20世纪80年代末采用MRI之前，医生在诊断时通常必须使用入侵性的探测手术，其危险性高且浪费时间。MRI是目前医学界用于检测病灶最安全、最快速的方法。

科学家和工程师也尽力让超导磁悬浮火车行驶得更完美。日本的超导磁悬浮火车行驶在以超导电磁铁制成的试验铁轨上。这些强力的电磁铁在抬升火车的同时推动火车前进——抬升至单轨铁道几厘米高处，所以整列火车可以说是悬浮在铁道上。超导磁悬浮火车的优点之一就是没有轮

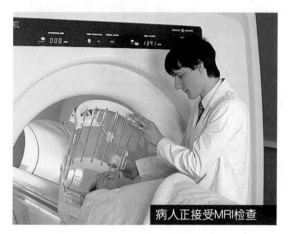
病人正接受MRI检查

子的摩擦力，从而有可能实现低环境污染和低限度维护的高速运行。

菲利普与其他人在绝对0度的研究（以及无热环境与材料的创造）上，已为日常生活的许多方面带来重要影响，为更进一步的探索与科技的发展开创了崭新的途径。"研究绝对0度是一个奇妙的体验，"菲利浦说，"这不是我个人努力可以达成的事，而是一个团队———群来自世界各地的科学家共同努力的结果。然而，故事还没结束，相关研究还在各国的实验室中进行着。"

超导磁悬浮火车

电能

通过检测不同温度下的电路说明热对电能的影响。本实验需要教师或父母协助。

器材：两支刚换上新电池的小手电筒。

1. 打开手电筒开关，并且记录下时间。
2. 在室温下将一支手电筒置于餐桌或书桌上。
3. 将另一支手电筒置于冰箱的冷冻室或冷藏室中。
4. 记录在室温下的手电筒要耗尽电力需要多少时间。冰箱中手电筒的情形如何？热对电流有何影响？在绝对温度下，你认为会发生什么事？

课 程 活 动

为地球加温

地球接受太阳以辐射的方式传来的能量，这些电磁辐射的一部分转换成热。但是其中只有约43%的太阳能可以到达地球表面，另外的42%反射进入太空中，还有15%则在到达地球表面前就被大气层吸收了。

地球表面和空气中的热量分配并不平均，各地区因阳光照射的角度不同，所接收的太阳能也不一样。热带地区非常炎热，主要是因为靠近赤道，阳光直射地球，转换了更多的热能。阳光照射的角度越是小，吸收到的太阳能就越少。

在阳光的能量到达地表后，热多半借空气对流而运动，进而影响了全球的天气和温度。

阳光不是热能的唯一来源，熔岩层和地壳下的铁质比地球表面要热上好几千倍。地壳下的热有助于地壳板块的移动，并且产生地热能。

由这张地图可以看出热对地球的影响。

北美洲

北回归线(北纬23.5度)

赤道

南美洲

1 太平洋东北岸的胡安·德·富卡山脊

热能由海床的地热出口喷出地球表面。1997～1998年间，海洋学家在这里的地壳上找到很多地热出口，硫黄气体由地球核心窜出地热出口，将海水加热至大约400℃。

2 怀俄明州的黄石国家公园

这里有超过30000个间歇泉。困在地底深处的水，经由地壳下的熔岩加热到一定温度后，就会形成热泉喷出。高温产生的水蒸气迫使热水经由地壳的缺口喷发。黄石公园最富盛名的老实泉，每次喷发都释放出约14000～32000升的水，温度可以高达96℃以上。

⑤ 西伯利亚东北方的上扬斯克

地球上温差最大的地方是位于西伯利亚边境的这个地区，冬天的气温低到 −68℃，夏天气温则高达37℃。这里的纬度是67.5°，冬天太阳的照射角度相当小。这个地区是冰原，夏天的温度很高。

④ 南极洲

地球上的最低气温是 −89.2℃，1983年7月21日由前苏联科学家在南极洲的东方二号(Vostok II)所记录。在北极，太阳也以相当小的角度照射在较广大的地区。这意味着极地地区每平方米的太阳能密度远比赤道附近的地区要小得多。

③ 利比亚的阿齐济耶

地球上有记录以来的最高气温发生在1922年9月13日的阿齐济耶，温度高达58℃。虽然这个地方位于赤道以北1600多千米处，但气温仍居高不下。最重要的原因是没有风，而非阳光照射的角度。由于没有一丝风，使得凉爽且充满湿气的空气无法进来。

亚洲

欧洲

非洲

澳大利亚

(8.5度)

南极洲

新的角度

试试以下的活动，看看光线投射在物体表面的变化。你需要一支手电筒、两张纸、一枝铅笔和一把尺。将一张纸摊平，并打开手电筒，由高处往下垂直照射在纸上，然后勾勒出纸张上的光线轮廓。再拿出第二张纸，将手电筒倾斜一些角度投射到纸上，同样勾勒出光线轮廓。用尺子比较两个光线轮廓。想想看，这个实验与阳光照射地球有何关联，对热的分布又有何影响。

课 程 活 动

热的实验

加热吃剩的比萨饼有很多方法。利用微波炉和烤箱可以看出热是如何转移的。

你有多饿？

使用传统的烤箱，加热数个比萨饼和一片比萨饼所花的时间一样长。能量先加热烤箱中的空气而非比萨饼。但在微波炉中，微波则先为比萨饼加温而非空气。没有接触到比萨饼的微波到处乱窜，直到被比萨饼吸收，所以微波加热一块比萨饼的时间大约3~5分钟，要比微波加热一整张比萨饼费时。

微波炉

步骤一 准备	步骤二 微波的运作
将一片冷冻比萨饼放在塑料或微波炉专用的盘子上，再放入微波炉中。设定好加热时间后，按下"开始"。	炉中的微波或电磁波开始工作，这些微波在炉子上方运动。辐射能不是被比萨饼吸收就是反射到金属炉壁上，直到所有的微波都转变成热。

传统烤箱

步骤一 预热	步骤二 温度升高	步骤三 热空气上升
将一整块比萨饼放进平底锅或铝箔中，再放到烤箱内的架子上。不同于微波炉，烤箱不适合使用塑料容器，因为高温会使塑料或其他轻软的材质很快地熔化或燃烧。将烤箱温度调至177℃左右，然后等待。	当你设定好烤箱温度后，它必须很卖力地工作才能达到你要的温度。传统的煤气炉和电磁炉以对流方式工作(热空气上升，冷空气下降)，食物是因为曝露在热空气中而变热。	传统烤箱中的空气变热，然后上升至烤箱顶部，就像微波上升至微波炉顶部一样。热空气上升时会接触到比萨饼，其中一部分的热空气会穿透比萨饼将它加热。而冷空气则下沉，让更多的热空气往上填补空下来的位置。

步骤三
热气蒸腾

比萨饼的不同部分吸收热的速度也不同，热开始传遍整个比萨饼。

步骤四
熔化

当比萨饼吸收更多微波，就产生更多的热。水分开始蒸发，干酪开始熔化。

步骤五
入口松软

更多的热产生，并且快速地分布到整片比萨饼。比萨饼的某些部分要较其他部分容易变热。你有没有注意到比萨饼的面皮经微波后变得湿糊糊的？微波加热并不会让比萨饼变脆。所以下次最好在干酪冷得像橡胶之前，赶快把比萨吃完吧！

步骤四
越来越热

当新的热空气穿透比萨饼，只有少量的热能作用在比萨饼上。要加热很长一段时间，让烤箱中有足够的热空气来回循环，并转换足够的热来充分加热整个比萨饼。

步骤五
入口香脆

热由比萨饼上方传送到比萨饼中央、底部和面皮，这个过程称之为热传导。热传导可使比萨饼受热均匀。在177℃的高温下，大约两分钟以后你就可以大饱口福了。开吃吧！

热传导

我们可以利用微波炉的辐射能或传统烤箱中的对流作用来加热比萨饼。此外，还可利用热传导来加热比萨饼。将煎饼用的平底锅放在煤气炉上，打开炉火，再将比萨饼放进锅中。炉火中的热如何为比萨饼加热？热能又是如何转移到比萨饼中？何以看出这是热传导？

 课程活动

沙漠中的骷髅头

加州死谷，1849年

美国加州东部毗邻内华达州的边境处，有个称为死谷的沙漠——是地球上最热的地方之一。就在这儿，威廉·路易士·门利和他的伙伴在鬼门关前走了一遭。1849年，门利、班尼夫妇、奥肯、伊哈特和伟德一家人蹒跚走过死谷，前往加州的金矿区。当时他们又饥又渴，而且迷路了，非常地绝望。29岁的门利和他的朋友罗杰斯竭尽全力寻求救助。如门利所说，这趟死谷之旅对他们来说真是个痛苦的经历。

死谷的天气非常炎热，而且很难找到水。那是一个干旱荒芜的地方，连一根草都没有。门利一群人极目四望，只见到干涸的河床。迎接他们的是一块全然陌生的土地。

"陡峭的山顶上色彩斑斓，其中有些红到让整座山看起来像是着了火。我猜那儿应该是座真正的火山，我从未如此接近过火山，而最壮观的则是那一大片荒凉的景象。"

他们的希望越来越渺茫，食物和水连给孩子吃都不够，牛群也逐渐疲惫乏力。最后，这群人决定让门利和约翰·罗杰斯(一个勇敢的田纳西人)先徒步去找一个落脚处，其他人则在原地等待。

"我们两个考虑到任务的重要性，鼓起勇气，以最快速度横越沙漠。"

一小块薄冰

门利和罗杰斯开始穿越巴拿麦特山和莫哈威沙漠，朝着洛杉矶的村落前进。不久，他们尝到了脱水的痛苦。

"我们的嘴巴变得很干，必须含着一颗子弹或一粒光滑的小石头，以舌头不断搅动来刺激口水的分泌。"

白天，沙子和岩石反射阳光和散发出大量热，因此气温很高，但入夜后气温骤降。有天清晨，他们在沙子中发现了一小块冰，于是将它放入水壶中。

"我能想到这个办法实在是太幸运了。我们在夜晚动身，因为太阳升起后一个小时，那些小薄冰会融化且渗入沙中。"

饿了好几天后，他们到处寻找食物，还射下了一只乌鸦。当他们到达威尔逊岭和圣贝纳迪诺山，他们知道文明就在不远处。他们走过数千米的雪地，一度找不到地上的小路。两个星期后，他们在靠近洛杉矶处遇到了一个西班牙的传教团体。门利指手画脚地向他们买了三匹马及许多的肉干、麦片和面粉。虽然门利感激他所遇到的这些友善的人，但他担心对于留在死谷的那些朋友来说，可能已经太晚了。

"回程的时间几乎不够用，我们都认为在15天内要赶回死谷是件不可能的事。我们的朋友正面临着生死存亡的大威胁。"

令人惊讶的发现

回程时，门利的新坐骑不肯继续前进。

"它必须越过这个狭窄的地方，否则必死无疑……让我告诉你吧，朋友，这是个决定性的重要时刻。"

不久，罗杰斯发现他们的伙伴卡顿·开佛威尔死在途中。

"他面向天空，以大字形躺在地上，看起来不太像个死人，身旁有个随身携带的小水壶……我们还会发现多少尸体？或者我们只找得到空荡荡的营地？"

幸存者

在离开近一个月后，他们终于回到了营地，这一群人几乎不敢相信他们的眼睛。门利追忆着："我们的心脏几乎要从口中跳出，似乎全部血液在离我们而去，感觉就像随时要昏倒似的。我们站定并稳住脚步。"

留下来等待救援的17个人只剩下8人还活着。有些人先行离开了，有些人死了(也许是因为中暑)。门利告诉他们，因为地形很崎岖，他们只得放弃马车，步行将近402千米。虽然旅程依旧艰辛，但是这些生还者已经觉得松了一口气。

"当我们准备离开营地……回顾所经历的种种艰辛，不禁沉重地说了句：'死谷，再见！'"

尽管这趟旅程是如此的漫长和艰辛，门利、罗杰斯和其他幸存者还是活着走出了沙漠。几年后，门利写下了他们的死谷历险记。

体温的调节

你的身体通过散热或保温来调节体温。如果太热，身体会输送更多的血液到皮肤上，将热由内而外传导出去，而汗腺也会帮助身体降温。天气冷时，比较少的血液流到皮肤，汗腺的活动也会减缓，好让皮肤能保存热量。理想的体温约是37℃。

亲身体验

贴身之旅

你的身体知道该如何产生与吸收热量。除了从外界吸收，身体也从食物中吸收所需要的热量。体温不断地被调节，以适应天气的冷或热。人体最大的器官——皮肤——在调节体温上举足轻重。抓牢了，让我们随滑雪者的皮肤来趟贴身之旅吧！

美国西部某地的清晨6：00

风吹得小木屋的窗户劈啪作响。屋内的木柴已经燃尽，壁炉也凉了。人体内也没有燃料了。你正紧贴在滑雪者的皮肤下。昨晚用餐后已很长时间没有进食了，那表示身体内的燃料已所剩无几，能传导给皮肤的热也丧失殆尽。加上外界也没有热能提供，位于大脑的小型体温调节器因此减缓了血液的流动速度，脂肪层开始运作以提供所需要的热量，皮肤表面也开始起鸡皮疙瘩，那是身体对冷和恐惧的自然反应。鸡皮疙瘩是由毛囊周围的微小肌肉形成的，通过收缩作用降低血液流动，也因此保存了热量。人体表面几乎都被毛发所覆盖，只是大多数是肉眼所无法看见的。

清晨7：00

滑雪者在壁炉中生起了火，热开始传遍整个房间。她吃着早餐，供给自己体内所需的燃料。由于血液循环加速，身体开始感到暖和，鸡皮疙瘩也不见了。滑雪者穿上保暖的御寒衣物，她必须确定身上的一层层衣物能保留所需要的热量。首先，紧贴着你的是一件暖和的高领内衣；接着，是几件隔离层衣物—— 一件人造纤维的套头衫、一件羊毛背心和紧身衣裤。这几层衣服将会紧紧地包裹着身体，使她尽可能地保持暖和。最后再穿上滑雪裤和一件皮制外套。准备就绪的她走进冰天雪地。

上午11：00

嘶！咻！滑雪者已经辛苦运动了整个早上，机敏地越过滑雪道拐弯处崎岖不平的雪坡，也在高及膝盖的雪地上冲刺。脑部的感应器记录了体温的上升——大到足以刺激汗腺的活动，亦即打开皮肤表面的毛孔。流汗是体温调节系统的一部分，也是身体自行降温的方法。因为滑雪者选择正确材质的衣物，可以将汗水排散至空气中。吸汗性强的布料有足够的空间让汗水排出，却不会让雪水进入，舒服得很。

下午2：00

　　滑雪者停下来吃午餐，补充身体所需的燃料，然后又回到滑雪场上。你感觉到脚部发冷，虽然那是人体皮肤最厚的地方。为什么呢？因为她穿了棉袜，而不是丝袜或其他会"呼吸"的人造纤维材质，袜子留住了湿气。噢！脚发冷可不是闹着玩的。

下午4：00

　　更糟的是头部也凉飕飕的。滑雪者的帽子掉了。人体经由头部流失40%的热量，所以你看来像是置身在一个冷风直灌的下午。阳光的万丈光芒闪烁在白皑皑的雪地上，反射了光能，那对你有点儿帮助。然而，你发现头皮区域开始绷紧，鸡皮疙瘩也出现了。由于滑雪者是女性，她的身体有较厚的脂肪，因此体温可以比男性维持得更久。但是很快的，滑雪者的全身肌肉开始抽动，多余的脂肪也起不了什么作用。她开始打哆嗦，她将滑雪板搁在山坡，朝着小木屋走去。

下午5：00

　　当滑雪者走进小木屋，你又开始感到暖和。为什么呢？因为屋里烧着的熊熊烈火，正释放出热。她脱掉滑雪靴，将双脚放到火炉前。当她的袜子烤干了，你感到双脚又暖和又舒服，而且她身上的其他部位很快就热得不得了。滑雪者脱去层层衣物，这下你如释重负了。谢天谢地！

弯弯看

从以下的实验活动中感觉热。取一个特大号的回形针放在手上，先感觉一下它的温度，再用手来回弯折。你注意到有些什么变化？多做几次，温度有没有改变？解释一下你的发现。

课 程 活 动

热的力量

你可以看到热对你周围环境的影响，包括绿油油的草地变得枯黄、干涸的河床和烫脚的柏油路面。不管热能是来自高挂在空中的炽热太阳或是地底下的熔岩，极度的热影响了地球上很多地方。就让我们看看以下地方(和事物)的抗热大作战！

全副武装

有时候消防队员必须穿梭在火焰中灭火。感谢消防衣(见左图)的问世。这些服装是以铝和其他金属制成，借以反射火焰中的热来保护消防队员。

龟裂

当人们过度曝露于阳光和热之中，皮肤可能会龟裂和脱皮，同样的情形也发生在泥土上。处在极热的环境下，泥土中的水和湿气会蒸发殆尽，留下一个龟裂、破碎的表面，如上图所示。

盐湖

加州的莫哈威沙漠是北美最热和最干燥的地方之一，也是布里斯托干湖所在地。在干涸的湖床上，结有1.5米厚的盐层(见左图)。由于盛暑酷热——38℃，湖水蒸发后留下了数百万吨溶解在其中的盐。今天，那些盐已成为商业开采的目标。

冲破地表

间歇泉是由地底喷出的热水和蒸汽所形成。到底是什么让泉水沸腾的？答案是极度的热和压力。地底深处的水经岩浆加热，变成了水蒸气和滚烫的热水，温度超过148℃。所有的热形成了压力，迫使这些超热的水经由地球表面的裂缝窜出。一座间歇泉可能存在500年以上——在这段期间，地下水会渗进地球内部，加温后又回到地球表面。

蒸汽浴

　　冰岛是一个蒸汽迷蒙的地方，拥有世界上最热的温泉和火山口。温泉(见左图)的水因地底深处的火山活动而变热，冰岛上的居民一年四季都可以使用这些热水。数千米长的管子把温泉的热水引至住宅区和商业区，而有些温泉则作为户外的游泳池。

好冷哟！

　　一个看起来或是感觉起来寒冷的地方，并不代表那儿没有热。热无所不在，就算是在北极。一支称为"北冰洋表面的热移动"(简写为SHEBA)的研究小组，辛苦地执行着一个长达8年的计划——在北极圈一个10 101公顷的区域测量热能的流动，目的是要看看北极的气候和温度如何影响地球上的其他地方。

图片会说话

　　房屋在冬天散失很多的热量。所有的物体都有热，都辐射红外线能。热成像技术可以探测并测量物体各部分之间的热差异，并且将之转换成一张图片。由图片中的影像可以看出从窗户散失的热到底有多少！(黑色的部分表示最冷的区域，接着是蓝色、橘色、红色和白色。白色表示最热的区域——也是热散失最多的地方。)

快门下的温度

摄影师在全世界旅游，拍摄各种极端天气下的景象。只要有一台照相机，你也可以办得到。以照片记录你周围的自然现象，包括夏天的热和冬天的冷。找出天气剧烈变化的证据，比方说结冰的水面或干涸的湖床。制作一本热与冷的剪贴簿，并且和同学分享你的照片。

课 程 活 动

"热" 门照片

最近，桑尼叔叔的旧谷仓有时会发生一些奇怪的事情。事情就是从他的外甥女夏默和外甥凯文来他这儿度假开始的。桑尼叔叔已经有五年多的时间没使用过谷仓——也没有人再进去过。夏默和凯文很喜欢来找桑尼叔叔，他是一个专业的自然摄影师，对动物有种特殊的感情。桑尼叔叔会让他们使用他的照相机和胶卷，也教他们如何在暗房中冲洗照片。谷仓曾经是夏默最喜爱的摄影对象，不过现在却被禁止接近。然而，桑尼叔叔还是很鼓励他们学习红外线摄影术。

"我不希望你们太靠近谷仓，"有天晚上用餐时，桑尼叔叔警告说，"我曾经在晚上听到奇怪的声音——很像是牧草的沙沙声。可能有人或是什么东西在夜晚时偷偷溜进谷仓。"

凯文一边啃着鸡腿，一边挤眉弄眼朝夏默扮了个鬼脸，桑尼叔叔看起来不像是很紧张的样子。

"小心点儿，"桑尼叔叔清洗餐盘时说，"我可不希望你们遇到迷路的动物或强盗，或是其他什么可怕的东西。"他将剩下的鸡肉切

成小块，放在两个小塑料袋中，"现在，我必须到暗房去完成我的工作。"桑尼叔叔消失在他的摄影室中。

"嘿！我们去谷仓，看看能不能听到什么声音。"凯文说。

"嗯，好吧！"夏默笑着说，"我要带相机去——看看能不能拍到什么！"

"今晚是新月，天色很暗，我们什么也看不到。"凯文看着窗外说。

"别担心，"夏默保证，"桑尼叔叔的夜晚专用特殊红外线胶卷几乎什么都拍得到。"红外线胶卷对热很敏感，所以就算在黑暗中，也能拍摄下任何物体。

15分钟后，夏默装好 胶卷，和凯文一起离开屋子。"我们分开走，"夏默提议，"你到谷仓后面，我到谷仓前面，我们监视这个地方，如果我们之中有谁听到任何动静，就吹长——短——长的三声哨音，然后在这里会合。

"没问题。"凯文低声同意。

凯文等在谷仓后还不到10分钟，就听到谷仓中传来沙沙的噪声和尖声哭泣。他发出暗

号，并且跑向房子，夏默紧跟在后。"你有没有听到？"凯文低声问道。

"我的确听到了，"夏默回答说，"好像是猫叫声。我拍了一些照片，因为不确定看到了什么，所以也不晓得会拍出什么东西。"

隔天早上，夏默早早起床，她想在早餐前把底片冲洗好。

大约一个小时后，她从暗房走出来，"我想我没拍到——这是黑白底片，但是看来不太对劲。"她把照片拿给凯文看。那些照片看来好像曝光了，谷仓四周的树有着白色的叶子。

"看看这个！"凯文的眼睛一亮，"我想那是个鬼！"有个人影在谷仓的门内徘徊。

"哇！你甚至可以看到他手臂上的血管！"夏默嚷嚷着说。

"但那些是什么？"凯文指着谷仓角落更多白色的影像问——那些是不大的、白白的、蓬蓬松松的球状物体，还长着尾巴。

"早安，"桑尼叔叔拿着一个空的塑料袋，从后门走进来说，"你们在看什么？"

"嗯，我们对谷仓有些好奇……"夏默解释着。

"……你看，"凯文打断夏默的话，"谷仓闹鬼了！我们拍到鬼了！"

桑尼叔叔瞄了瞄照片，"是你拍的吗？"他看着夏默问。

"是的，昨晚拍的。不过很明显的，我洗照片时洗坏了。"

"事实上，这些照片洗得很好，"桑尼叔叔笑着说，"红外线胶卷能探测出温度的细微差异，并且可以捕捉到可见光之下看不到的事物。"

"比方说鬼吗？"凯文问。

"你认为呢？"桑尼叔叔说。

照片中的影像真的是鬼吗？使用以下的线索解开这个谜团。

利用这些提示……

1 红外线胶卷对于红外线辐射（电磁波谱中肉眼无法看见的光）很敏感。
2 我们以热的形式来感受红外线。
3 红外线胶卷可以记录下任何散发红外线的物体——即使是在完全黑暗的状态。
4 有机体，例如植物或人类，比起其他物质反射了更强的红外线，这些物体在冲洗好的底片上以白色显现。
5 红外线甚至能探测出人体血液中的热，所以皮肤下的血管也清晰可见。

（答案请看第60页。）

"热烈"的思考

火焰无法融化这些冰，因为这些火是假的。

冰中的殷勤款待

瑞典的冰旅馆，无疑是最冷的旅馆——就温度而言！因为这座旅馆完全是用冰雪建造的，所以平均室温在−7.8℃左右！这座旅馆每年约有7000名客人，他们用冰制作的盘子吃东西，用冰制作的杯子喝水，并且睡在用冰制作的床上。他们如何保暖？床上铺着驯鹿皮，而每个客人都穿戴着防寒服、手套和帽子。不过每年入春后，阳光会把整座旅馆融化掉。第二年在原地重建。

热的迷思

工程师、物理学家、数学家和神秘主义者被问及历史上最重要的发明。

工程师选择了火，因为它赋予人类驾驭物质的力量。

物理学家选择了轮子，因为它赋予人类驾驭距离的力量。

数学家选择了字母，因为它赋予人类驾驭符号的力量。

神秘主义者选择了保温瓶。

"为什么是保温瓶呢？"其他人问。

"因为保温瓶在冬天能为热水保温，在夏天能为冰水保冷。"

"是呀——那又如何？"

"想想看，"神秘主义者说，"这小小的瓶子——是如何办到的呢？"

红外线

红外线胶卷是一种特殊的胶卷，大多数的相机都能使用，真是方便极了！它可以用于司法办案、医学和农场经营上。法院的技术人员可以使用它来检测弹药的燃烧，以解释犯罪过程；医生则用它来显示肉眼或X光分辨不清的内科病症；它也告诉农夫作物哪里的虫害最严重。想知道更多关于红外线胶卷的事？请看第28页的"热"门照片。

半生不熟的蛋

　　美国亚历桑那州奥特曼的居民，每年7月4日都会在人行道上煎蛋。不过他们不是在煎蛋卷，而是为了证明他们的城市非常热。比赛者使用镜子和各式工具来反射阳光。如果没有反射热，人行道上的温度必须维持在43℃～49℃才能把蛋煎熟。

过火仪式

　　一个赤脚走过烧红煤炭的人，有特异功能？还是单纯的物理现象？科学家研究了热如何从煤炭传导到人的双脚。由于快速行走时，煤炭散发的热还来不及通过由空气和水形成的保护层转移到皮肤上。但是这个保护层很快就会失效，所以必须走快一点。

关于热的趣闻

　　1．当你把水加热到100℃时，温度便不再上升，不管水是否仍在持续加热。有些水分子被释放出来成了气体，这就是所谓的沸腾。

　　2．超音速喷气式飞机快速飞行时，与空气摩擦产生的热，使机身拉长了23厘米之多。

　　3．了解热胀冷缩的原理，可以帮助你打开塞紧的瓶塞。可在盖子上浇些热水，金属膨胀得比玻璃瓶快，这使得瓶塞很容易被打开。

　　4．冰块可以冰镇饮料，因为饮料中的热会转移到冰块中。冰块变热，同时饮料也变得冰凉。

　　5．如果你打算到外层空间旅行，记得带件保暖的宇宙飞行服。在群星遍布的外层空间中，温度会降至−270℃，只比绝对0度高上几度，也是自然界可能达到的最低温度。

保温和保冷

什么是留住热的最好方法？什么是消除热的最好方法？

请同学分成三组。第一组的研究主题是家庭的取暖。到当地的图书馆去找出为房子加温最好的方法，考虑看看太阳能、电力、石油或壁炉。研究时请牢记某些因素，如绝缘体会影响房子的保温时效，然后设计一间能量利用率高的房屋。

在设计好你的梦想之屋后，想想以下的问题：

● 为什么对房子的保温而言，这是一个有效或无效的方法？

● 有什么缺点？

● 需要多大的成本？

● 你如何运用这个方法让房子更好地取暖？

● 比较你让房子取暖的方法，和同学的有何相似之处？有没有更好的方法？

第二组的研究主题是房子的降温方法，找出让房子变凉快最有效率的方法。

最后一组同学则研究其他调节温度的方式。因纽特人的冰屋如何保温？热带茅屋又如何降温？所有学生都必须考虑到，房子的设计和结构会影响它的温度。

第56～57页"待解之谜"的答案

照片中的"鬼"，实际上是红外线胶卷所捕捉到桑尼叔叔的热影像。他在谷仓中发现了一只走失的猫和它的一窝小猫，早晚两次会带些碎鸡肉喂食。他想要守住这个秘密，直到小猫再大些。这窝小猫就是底片上蓬蓬松松的小白球，也是谷仓中，除了桑尼叔叔之外最热的"东西"。

光

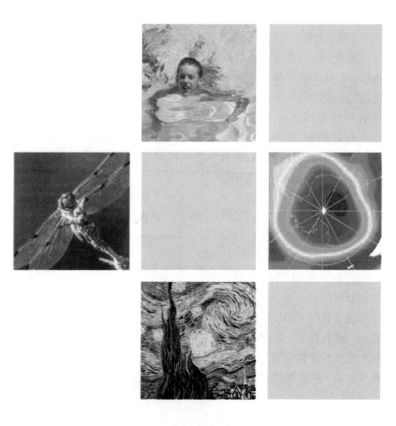

光

过一扇敞开的窗户，或者照亮了一个房间，这似乎是非常平常的现象。然而，我们对光的知识——它是什么，它如何作用——则是自从人类有思考能力以来，就广泛引起科学界兴趣的题材。

当你看到一幅图画时，比如像本页上的这一幅，你所感知到的不是光背后的科学意义，而是它的美丽：光从肌肤上反射，分散成为有诸多颜色的彩虹，从镜中反射出来。光不是一项仅保留给科学家的工具。画家、摄影师、设计师、作家，甚至是室内装饰家都在不断思考，并在他们的作品中利用光的美丽和力量。这一页向你展示了一些与光有关的现象。

虽然已经很有趣了，但还是想一想这个：光线在太空中行进的速度是每秒$3×10^8$米，没有其他东西比它更快了。这个有趣的事实是曾经启发阿尔伯特·爱因斯坦(Albert Einstein)，发展出他著名且非常重要的狭义相对论的因素之一，也就是"只能测量到相对于观察者的运动而言的运动与时间。"

此外，在20世纪早期，爱因斯坦问道：光是什么？为什么没有任何东西比它快？光是波，还是粒子？或者两者皆是？在光的普遍性背后，隐藏着科学中一些最深的谜团。

眼睛——动物拥有进化了的构造，能够捕捉光，并发展出能看见周围环境的能力。

反射——光从物体反射，并射入我们的眼睛。

阴影——光无法到达每一个地方，所以你会看见一块模糊较暗的区域。

折射——当光穿越某种透明物质进入另一种时，会产生弯曲，改变方向。这个原理是某些奇怪景象的形成原因。

光谱——光经过三棱镜会分散成各种色光。太阳光也被称为白光。彩虹里有哪些颜色？

电子光线——太阳并不是唯一的光源。你想得到其他光源吗？

吸收——我们能看见有色物体，是跟它们吸收光的程度有关。如果某物体能吸收所有的光，我们就会看到它是黑色的。如果它反射所有的光，就是白色的。如果某物体吸收光谱中红色之外的所有颜色的光，我们就会看到它是红色的。

你照亮了我的生命

问：早上好，欢迎参加"起床号"黎明节目。少了"起床号"节目，你就无法展开一天的工作了！而这位特别访客也是每天一早必不可少的，是不是呢，太阳光？

答：没错，完全正确！每天都会有太阳升起，散发出不计其数的太阳光，其中包含着数也数不清的光线。

问：你今天似乎容光焕发，精神非常饱满。

答：我一向如此！我别无选择。太阳光是从不会关闭的。我们也不需要接通电源或电池。说到能量嘛，我浑身是劲！我有那么多可以燃烧的能量是因为我来自天空中的大火球——太阳！你要不要和我一起来做几个引体向上啊？我要做上几个。

问：呃，如果你不介意，我们只要谈话就好了。请你告诉我们的观众，你到这儿来要用多长时间？

答：大约8分钟，误差不会超过几秒。如果你用光的速度走起来，1.5亿千米也不是那么远的。今天路上也不拥挤，就是一些云彩、烟雾——典型的大气层，一如往常。工作不过就是这样。

问：说到工作，请多和我们谈谈你的工作。你的一天大概是如何过的？

答：那倒是挺有趣的。首先，从那个大火炉里出来就是如释重负了——核心里有600万摄氏度呢！那可真热。但我一来到地球上，高兴事儿就来了！我受到大家热情的欢迎！

问：为什么会这样呢？

答：因为人们都喜欢看见我，我能照亮黑暗的地方，温暖寒冷的地方，传播古老的太阳能量，四处跳来跳去。

问：你说跳来跳去是什么意思？

答：就像我所说的。光通常是用弹跳的方法，帮助你看见物体的。另一种说法就是反射。也就是当一束光射到如镜子或静止水面等平坦的表面时，所发生的事情。有些光会以相同的角度反射回去，进入你的眼睛，你所看见的像是倒的，这是你的眼睛和大脑共同作用的结果。

问：如果有人跳进水池里，制造出许多涟漪呢？光线会怎么样？

答：那么光束就会散开了，它们会反射出混淆的像。嘿，那不是我的错，我已经尽力了。无论如何，跳跃不是光运作的惟一方式，还有折射等作用方式。

问：那又是如何作用的？

答：正如其字面上的意思。当光穿越透明的东西，如玻璃时，会产生弯折，或弯曲。折射会使物体看起来更大，因为它会使进入你眼睛的光线角度加大。

问：这就是放大镜的运作方式吗？

答：是的。这也是老花眼镜和隐形眼镜运作的方式。发散光线！把像放大！帮我完成我的工作。

问：做什么呢？

答：将光带进你的眼睛。眼睛不会自己发光。它们只是接收者，按我传给它们的方式接收。提供你足够的光是可见光束真正的考验。

问：可见光？你是说还有不可见光存在？

答：当然。除了可见光，还有红外线和紫外线呢。我们全都是太阳放射出的电磁波的一部分，也是太阳本身的一部分。每一种电磁波都有不同的波长。我们是同一个集团里的。

问：我猜也是。你是否曾经希望自己是不可见光呢？

答：不。我喜欢照射在每个人身上。虽然我是可见光，除了进入眼睛之外我还有很多事可做呢。

问：这是什么意思呢？

答：给你一点提示：我是什么颜色？

问：那很简单：明亮的白色。呢，也许还有一点点黄色的感觉。

答：不。你只看见了亮白色。太阳光实际上包含了红、橙、黄、绿、青、蓝和紫色。

问：但那都是彩虹里的颜色啊！

答：没错。你在彩虹里看见这些颜色，因为空中的雨滴折射太阳光，使颜色分散开来。你自己也可以利用棱镜、钻石或者水晶玻璃来散射太阳光，使它分散成不同的颜色。和你聊天很愉快，但我得走了。太阳已经升起一个小时，我还有工作要做。还有能量要燃烧哦！

光线的相对性

紫外线或UV光线，是能使人灼伤的光线。如果你看一看防晒油的瓶子，你会看见上面有不同的"SPF"指数。SPF是什么意思？那些数字又是如何决定的？找出这些问题的答案，找资料或问药剂师都可以。等你找到了答案，找出对你以及你的家人最适合的SPF指数，并且让他们知道你的发现。

在可见光之外

不可见光现在正不断轰击着你。它们无处不在，收音机及电视信号、手机信号，甚至太阳的温暖中都有。它们和帮助你阅读这一页的光线有很大的关系，因为它们全都属于不同波长的电磁辐射。

太阳是地球上的基本能量来源，这些能量是以不同波长的光的形式抵达地球的。但是在它们到达之前，

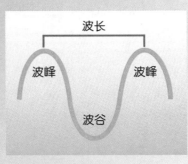

大气层已经先吸收了许多波长的光线。当然，可见光可以穿透过来，红外线也一样——你会因此感觉到热。电磁波谱

中，各种波长的光在我们的生活中都有价值。

你看得见的光线在整个光波之中只占很小一部分。我们用波长来测量波电磁，波长就是从一个波上的一点到下一个波上的同一位置处的距离（见图表）。波有不同的波长，波长越短，传递的能量就越高。但不论波长如何，所有的电磁波都以相同的速度前进——每秒 3×10^8 米，也就是光速。

电磁波谱

无线电波（radiowaves）——无线电波的范围从波长数千米长到约30厘米左右。它们携有电视、手机，以及AM、FM的收音机信号。无线电望远镜会"收听"来自于遥远银河及其他星系的无线电波。

微波(microwaves)——波长短于30厘米的无线电波称为微波。在微波炉中，微波致使水的分子彼此碰撞并改变位置，借以烹煮食物。微波也能够增强雷达的效能，借以追踪飞机的行踪。

红外线(infrared)——可以加温物体，一如太阳，我们能够感受到其发出的红外线电磁波所带来的热量。土司面包机里头的红热线圈就是利用红外线来烹调你的早餐的。

可见光(visible light)——你能见到的电磁波，但波长非常短——仅有几毫米。其中包含了每一种颜色的光，而白光就是由各种颜色汇总而成的。抵达地球的太阳光中，几乎有一半是以可见光的形式存在的。

紫外线(ultraviolet)——来自太阳，小剂量的紫外线能够帮助身体产生维生素D，但是剂量过高，会伤害皮肤和眼睛。

X射线(X-rays)——X射线携有大量能量。它们能够穿透如皮肤之类的软组织，并产生一幅你的骨骼图像。

伽马射线(gamma rays)——高能量的伽马射线能够穿透所有物质。它们由太阳释放的，但是在它们造成任何伤害之前，就被地球的大气层吸收了。伽马射线也会在核爆炸中产生。

卡文迪什实验室，剑桥大学，1873年

在研究电场与磁场的现象时，出身于苏格兰的物理学家詹姆斯·克拉克·麦克斯韦发现，电力与磁力相互联系，以波的形式传播，速度等于光速。麦克斯韦由此指出，光也是一种形式的电磁辐射，同时他也提出理论，认为电磁波可以以各种波长形式存在。这一点在10年后由海因里希·赫兹验证。他发现无线电波也是以光速前进，但是波长比可见光要长得多。

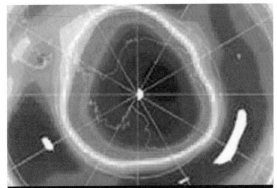

这是一张摄于1992年，由卫星在南极大陆上空所拍的大气层照片。黑色与紫色区域显示臭氧极少或没有。

南极洲，20世纪80年代

科学家证实，一个有美国大小的洞已经在南极洲上空的大气层中形成。北极上空则有一个较小的洞在扩散。一种被排放到大气中，称为氯氟碳化合物(CFC)的化学物质应该是罪魁祸首。它们会分解距离地表14千米～48千米高度的臭氧层。这层气体就像是来自太阳紫外线的过滤层。紫外线辐射剂量过多会影响动植物的基因，并使人类患上皮肤癌。

现在人们基本上已经不用氯氟碳化合物，但仍有一些从老旧的冰箱中释放到大气层。要弥补由此造成的损害可能需花上几个世纪的时间。如智利的彭他阿瑞那斯市，因为紫外线，甚至外出几小时都是不安全的。

法国的战场，1914年

在第一次世界大战爆发时，马丽·居里(Marie Curie)配备了一辆装有X射线设备的汽车，前往战地前线治疗受伤的士兵。"会痛吗？"一名士兵在看着居里夫人安装她的活动实验室时说。"不会比你照张相更痛。"她微笑地回答。

作为辐射的早期研究者，以及因发现镭而赢得诺贝尔奖的居里夫人，她回答士兵的话已是尽她所能了。X射线是如此崭新的发现，没有人完全了解它们潜在的对人的伤害性。小剂量的X射线可以帮助医师查看断裂的骨头，并用于治疗多种癌症。但剂量过大，它们则会导致数种癌症发生。这也是今天终日操作X射线的医药人员，必须站在铅制防护体后面的原因——X射线不能穿透铅板。

光的档案

将你在一天之中，接触到的电磁波谱中的电磁波写出来。做一些研究，找出哪段波长的电磁波对你最有帮助。然后制作一张海报，告诉大家它们有哪些益处。

 课程活动

大事记

光理论的精华

| 约公元1000年 | 1666年 | 1690年 | 1800~1862年 | 1865~1873年 |

阿拉伯学者海桑(Alhazen)提出反驳，他反对一般人相信的光是从人的眼睛射出，以帮助人们看见物体的说法。他提出理论，认为光来自于如太阳或烛火之类的光源，自物体反射，再进入眼睛。

艾萨克·牛顿(Isaacc Newton)(下图)设计了关于光及颜色的实验，解释了白光是由光谱中各种颜色的光所构成。这位英国数学及物理学家也提到，看到某种颜色是因为某些颜色被物体吸收而某些被物体反射的结果。牛顿的成就还有就是提出了光的粒子理论：光以微粒的形式传播。

荷兰数学及物理学家克里斯琴·惠更斯(Christian Huyghens)提出以下的论点：因为光移动如此迅速，它一定是以波的形式前进。这被称为光的波动理论。

英国的威廉·赫歇尔(William Herschel)爵士发现，在可见光谱之外，还有红外线以"热能"的形式出现。他发现红外线有比我们一般所见的红光更长的波长。借助测量不断旋转的镜子反射的光线，法国物理学家简·伯纳德·李昂·傅科(Jean Bernard Leon Foucault)(下图)成功地计算出光的速度。

詹姆斯·克拉克·麦克斯韦(James Clerk Maxwell)(下图)，一位苏格兰科学家，发现可见光是一种电磁辐射的形式。他提出了连续的电磁波谱。

1888年	1895年	1905年	1970年	未来
德国物理学家海因里希·赫兹(Heinrich Hertz)(下图)发现了无线电波。他发现，电磁波的频率及波长是可以测量的。	威廉·康拉德·伦琴(Wilhelm Konrad Roentgen)发现了X射线，它是比可见光波长更短的不可见光。因为他的发现，德国物理学家首度在1901年得到第一个诺贝尔物理学奖。	阿尔伯特·爱因斯坦描述了非常大物体的巨大引力，如星系是如何能够扭曲光线的。爱因斯坦也说明了真空中，为什么不存在超光速。后来又说明了光的粒子或光子，能够产生电荷，也就是光电效应。	美国研究人员科宁·格拉斯(Corning Glass)、罗伯特·莫勒(Robert Maurer)、唐纳德·凯克(Donald Keck)，以及彼得·舒尔茨(Peter Schulez)找到完美的材料，以保持和控制激光脉冲，并能携带65000倍于传统铜导线的信息。他们创造的物品是由非常细的玻璃纤维制成，叫做光纤。	光是独一无二的力量——可以不用电力而使电子工作!那代表着有一天，光可以驱动整个计算机，提供立即处理全世界信息的功能。

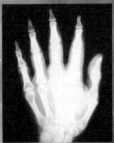

迅速的空间运算

1862年，李昂·傅科计算出光速大约是每秒钟299 330千米。如果一年中约有3 154万秒，也就是说光在一年中可以走9.429×10^{12}千米！这个距离也就是一光年。如果太阳到地球光要走约8分钟，那么太阳有多远？到离太阳约56亿千米的冥王星要多久？最近的恒星，半人马座的比邻星在离地球4.3光年的地方，距离地球到底有多远？

课 程 活 动

用眼睛看

折射漫谈

当光从一种物质进入另一种物质时，就会产生弯曲或折射的现象。由于折射的原因，一枝从空气中插进透明液体中的吸管，看起来好像从水面交界处断成两截，同样也可使一个站在游泳池里的人看起来又矮又胖。科学家们评定光在不同的物质中发生折射的程度，做成各种物质的折射率表。数字越大的，光的折射程度越大。

空气	1.003
水	1.33
塑料(聚苯乙烯)	1.49
窗玻璃	1.51
水晶	1.62
钻石	2.42

伟大的辩论

光是波吗？

荷兰，1690年

克里斯琴·惠更斯是为光的波动理论打下基础的荷兰物理学家，光的波动理论解释了反射与折射。他在《光论》一书中写道："除此之外，如果光的通过需要花费时间……它必定会沿着它的移动轨迹，在经过的物质上留下痕迹。它的传播是连续渐进的，一如声音，有着球状的表面与波形。我称它为波是因为它相似于石头投入水中时所产生的波纹，而且水波纹是连续不断向外扩散的，虽然这些水波纹是因为其他原因而形成，并且只产生在表面上！"

光是粒子吗？

瑞士，1921年

阿尔伯特·爱因斯坦并不同意惠更斯认为光是波动的看法。"光的波动理论并不足以解释光现象最基本的性质。为什么某些光化学反应只与颜色相关，而不是光的强度？为什么短波长的光一般而言较长波光束更有效？……今日的波动理论无法解决这些疑问……"

爱因斯坦稍后定义了光电效应。他认为光由一小包一小包的能量包构成，这种小能量包称为光子，并进而描述当光撞击光敏金属时，是如何产生电流的。

至于答案是什么呢？光的活动特性既像波也像粒子，但最佳的解释就是，光是由叫做光子的能量包组成的。

调整焦距

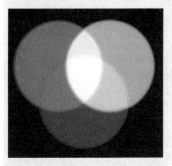

当眼科医师评定你的视力是20/20时，代表你在6米远的距离，可以清楚看到一般视力表的最底行，就像是在6米远的地方所见。若评定为20/40则代表在6米远的地方，这张表看来像是在12米远的地方一般。许多视力在20/40以上的人都需要戴眼镜，至少看远处时需要。

这个意思是说，一个人的视力若是20/200，这个人要站在6米远的地方，才能看清楚一个视力是20/20的人在60米远的地方就能看清楚的东西！当然，医生办公室里的许多视力表都已经调整过，患者并不需要真的站在6米远的地方才能测量。

色彩结合

相加的色光颜色：红、蓝与绿是基本的三原色光。当三种光混合一起时，就产生了白光。

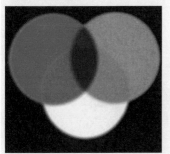

相加的颜料颜色：当红、蓝、绿色颜料相加在一起时，它们产生相加的效果，产生其他颜色。这三种颜色混合会产生出黑色。

对速度的需要

如果以光速旅行，这里是你到达宇宙中不同地方所需要的时间：

洛杉矶到纽约	0.0016秒
绕赤道一周	0.133秒
金星	2.5分钟
火星	4.1分钟
银河系中央	30 000年
最远的星系	130亿～150亿年

远远的看

● 近视眼的人只能看清楚近距离的物体。这是因为眼球过长，物体的影像落在了视网膜之前。凹透镜(右图)使光线发散，使物体影像呈现的位置后移，落在视网膜上，就可以解决这个问题了。

● 远视的人看远的东西很好，但是看近的东西就模糊了。这是因为眼球太短了，物体影像落在视网膜之后。凸透镜可帮助光线在进入眼睛之前就聚集在一起，缩短了焦距，将影像落在视网膜上。

另一场大辩论　课 程 活 动

现在你知道如何矫正那些近视或远视眼的人了。但要是某人既有近视问题又有远视问题，该怎么办呢？有些人有散光，使得一只眼睛看到的与另一个眼睛完全不同。去做些研究，找找本杰明·富兰克林解决这种问题的发明。他的发明是怎么做的？假如你生活在18世纪晚期，正是富兰克林生活的年代。写一封信给他，解释为什么他的发明是有效的，并建议他发明其他与眼睛有关的物品。

不只是

我们能记住景象、分清远近、辨别颜色，甚至做梦，这些都与大脑有关，大脑在其中扮演了重要的角色。但它到底是如何发挥作用的呢？你要查明真相。

你神奇地化作一束闪烁的白光。眼睛喜欢你，因为你对它们非常重要。由于眼睛是光线强有力的搜集者，它们必须与大脑一起工作，才产生视觉。这种合作大约占用了大脑60%的活动量。

你立即从一个遥远的物体上反射，直接进入一只睁开的眼睛。你的前进非常迅速，穿过坚硬、具保护性的角膜时，会有一些轻微的折射。这个人的角膜十分完好，微微弯曲，要穿越没有问题。

接下来轻而易举地，你来到一片清澈液体中，这种液体称为房水。然后到达张开的瞳孔，经过这圆孔你实际上就已经进入眼睛的内部了。

在瞳孔周围，是一圈对光敏感的肌肉，称为虹膜，会对你的亮度有反应。虹膜的颜色有蓝色、绿色或褐色，如果太亮，虹膜会缩小瞳孔，如果太暗则会扩大。瞳孔使光线通过，而几乎不反射任何东西。

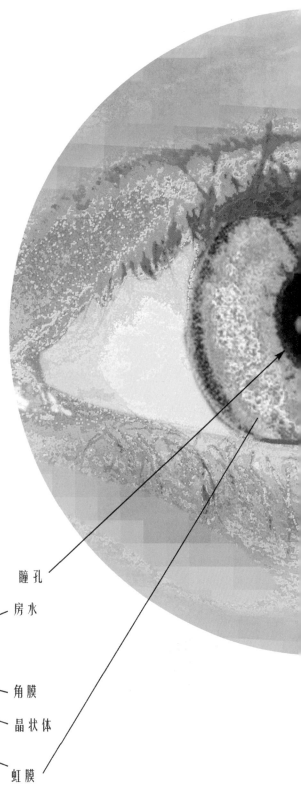

瞳孔

房水

角膜

晶状体

虹膜

视网膜

玻璃体

视神经

上眼睛

进入的光线都要经过晶状体的聚焦。晶状体是一个透明、有弹性的半月形物体，会折射光线。在这里，如果你是从一个近距离的物体反射过来的，那么肌肉就收缩，使晶状体变厚；如果你从远处而来，则晶状体变薄。

以前，你也曾碰过其他没那么容易穿越的晶状体。如果晶状体弯曲得不正常，有些人会无法使你与其他光线在适当位置聚焦。结果就是，他们无法正常地看清楚使你反射出来的那个物体的形状。

经过聚焦，你会穿越一个胶状液，即玻璃体，它是构成眼睛的主要组成物。你会上下颠倒地投射在视网膜上。视网膜是一层薄薄的神经细胞，其中包括有杆状及锥状细胞，在眼睛的后部排列整齐。数百万的杆状及锥状体会通过聚焦过的得到增强的物体颜色来解读你。杆状体会感知基本的形象，而锥状体则会补充如颜色及对比度等细节。

杆状体及锥状体将你转化为看不见的电子脉冲，与来自另一只眼睛的脉冲结合，然后你就会沿着视神经，传到大脑皮质。在此地，来自许多光线的信号会被解码，并被分类成为某个物体的形状、运动及颜色的信息。你会被自动翻转为正常的位置。来自各种电子脉冲的信息被结合起来。恭喜，你成功了！最后，眼球的拥有者看到并对你所传递的图像做出反应。做得好！现在再找一个新的目标吧。

没有光的生活

你依赖眼睛搜集大量关于世界的信息。但要是你看不见呢？你对盲人如何描述一棵树？或是日出，或是烟火表演？红色应怎样形容？不要命名你所描述的东西，写下你的描述，要一个朋友闭上眼睛，看看他能不能猜到你所描述的东西。

课 程 活 动

看见光与颜色

时间地点：英格兰，1665年

认识一个会计划的人

一场可怕的瘟疫正横扫伦敦，超过7万人丧生，并迫使23岁剑桥大学教师艾萨克·牛顿逃到英格兰乡间。接下来的两年中，大学仍处于关闭状态。牛顿为了充实生活，每天都在做实验。他使用的工具是一个由三角形柱状玻璃制成的棱镜。这位年轻的科学家试着用这件工具把白色的日光"分解"成彩虹色彩的光谱。

在1665年，多数科学家们相信，光是一种纯粹的物质，无法再分解成为更小的部分，而要另外加上其他物质，才能制造出不同颜色的光。以下摘录的牛顿的实验记录笔记，证明那些科学家都错了。

笔记摘录：

"把我的房间弄暗，并在我的窗户遮阳板上弄一个小孔，好让一小束太阳光射进来。我将棱镜放在入口处，这样一来，就可以把光折射到对面的墙上。起初观赏这些鲜明的色彩分布实在是件有趣的事情。……"

牛顿不断地利用棱镜进行实验，直到他确定，日光总是可以分解成为同样的色彩光谱。

"我试着让光通过不同厚度的玻璃，或是改变窗户上孔洞的大小，甚至是在外头就摆上棱镜，好让日光先通过棱镜，再进入孔洞之中，看看会发生什么事情。但是我发现，以上那些操作都无关紧要。不论在何种情况下，颜色的式样都完全一样。"

但是他到这里只做了一半。当牛顿让"分解"后的光再通过第二个棱镜时，他得到了另外一个发现：色光又转回

牛顿用光做实验

成白光了。

“我又拿了一个类似前一个的棱镜，将它放在光线之下，光通过这两个棱镜，将按相反的方式折射，于是第二个棱镜就会倒转过程，就像第一个棱镜分解光一样……结果是，通过第一个棱镜的光被分散成长条形，而当通过第二个时，则被恢复成圆形光斑，就如同光线并未通过两个棱镜之前一样。”

最后，牛顿得到结论，白光是由光谱中所有颜色光共同组合而成。

“因此可以说，白色是光通常的颜色，因为光是由许许多多具有各种颜色的光所混合而成，它们是杂乱地自光源的各个部分发射出的。如我所言，如果这样复杂混合的各个成分有适当的比率，就组成了白色，但如果有任何一种色光占优势，则光线一定会倾向那种颜色，一如硫黄的蓝色火焰、蜡烛的黄色火焰，以及恒星的多样颜色。”

牛顿以对颜色的解释总结他的实验：

“所有自然物体的颜色来源除此之外别无他途：即，自然物体都有不同的特性，会使其对某种色光的反射多于其他的色光。”

明亮的彩虹

牛顿发现，光线穿过某种角度的棱镜时，每一种色光都会按不同的角度发生折射。红光折射的角度最小，而紫光则最大。不论棱镜的尺寸或是光线的强弱，白光永远会分离成同样的光谱：红、橙、黄、绿、青、蓝及紫色。

彩虹的色彩会出现在下落的雨滴之中，其原因也能从牛顿的实验中得到解释。太阳光进入雨滴和离开雨滴时都要发生折射，因为水对于不同波长的光的折射率不同，于是产生了分光现象，由于太阳光入射角度不同和在雨滴内发生反

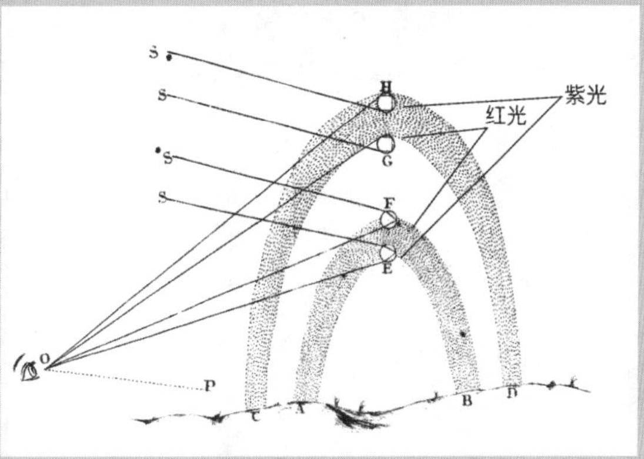

射和多次折射，波长最短的紫光折射率最大，而波长最长的红光折射率最小，其余色介于其间，从而形成内紫外红的彩虹。由于视角不同我们会在虹的外侧看到副虹（霓），其色彩排列与我们常见的彩虹的色彩排列相反。

不同视角

把一个三棱镜靠近玻璃窗，并让阳光照到它，注意观察你看到的光的颜色。之后，把三棱镜拿到户外的阳光下，那么，你看到的光的颜色与房内看到的相同吗？你看到的光的颜色与其波长有什么关系呢？

课程活动

"眼见" 不见得总是

你相信你所看见的每件事吗？并不尽然。虽然你的眼睛是光线的强有力的搜集者，并与你的大脑高速联结，但你的大脑并不能正确地处理每一个收集到的信号。它常常会走捷径以加速视觉信息的处理，即依靠过去经验及视觉线索来猜测那儿可能有什么。许多由光引起的错觉就在你的大脑错误解释线索时发生。其他形式引起的错觉，如海市蜃楼或是在游乐园的哈哈镜里的扭曲反射景象，都是因为光线在抵达你的眼睛之前，先以奇特的方式发生方向变化的结果。

看一眼这些编号的图画，并描述一下你所见到的东西。然后看看右侧的表格，以得到说明。

3 填充空白

这是什么？

1 仔细注视

每个方格之间是不是有小圆斑存在？

4 小心水坑

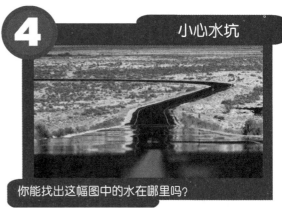

你能找出这幅图中的水在哪里吗？

2 自然奇景

你可能会在什么时刻在天空看到这种景象？

5 火星上的人脸

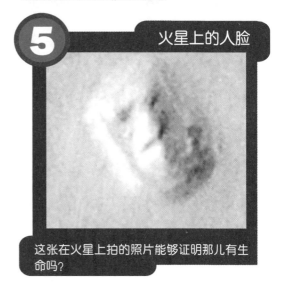

这张在火星上拍的照片能够证明那儿有生命吗？

"为实"

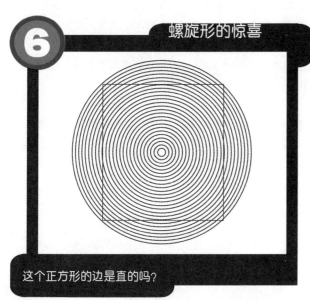

6 螺旋形的惊喜

这个正方形的边是直的吗？

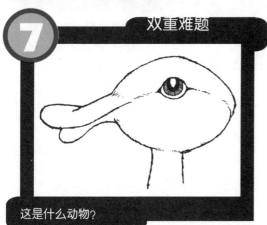

7 双重难题

这是什么动物？

利用你的错觉

你有没有留意到，月亮在靠近地平面附近时看起来比较大，而当它越爬越高，就逐渐恢复正常？利用一个钱币来验证这种错觉。当月亮靠近地平线时开始观察，并且举起一枚钱币，比较它们的相对尺寸。数个小时后，直到月亮已经高挂天际，再比较它与钱币的尺寸。你发现了什么？解释一下吧。

答案

1 在黑色方块的边与边之间，明与暗的对比处事物清晰可见。但在线条交会处，事物就会变得模糊不清了。在每一个方块的交点处你会看见灰色的点，或是颜色较暗的"余像"存在。

2 有时当你坐在飞机里，在云层之上，而光线位置正好时，你就可以看见在下头的云层上，有一架飞机的图像被彩虹环绕着。这种环绕的彩虹被称为彩色光环。

3 当你看着某个熟悉的东西时，你的大脑通常只需要几个提示，就能知道你在看些什么。如果你靠近了看，那些暗色污点就几乎要连在一起了。这是一个人骑在马上的图像。

4 你也许会以为你看到了一池碧水，但你错了。由于温度的变化，光线碰上了公路或沙漠表面的一层热空气，传播方向会发生改变，并将远处的物体反射在地表之上，产生出海市蜃楼或是误像。这样在公路或沙漠上微微闪光的小"水池"，实际上是天空反射的结果。

5 这幅1976年拍的照片会让某些人将它作为火星上有生命的证据。近年来从不同角度所拍摄的照片，让科学家们认为，这样的图像只存在于我们脑里而已。这些阴影触动了你的大脑，自动地"填入"你所熟悉的脸部轮廓。

6 那是一个有四条直边的完美正方形。这一连串的圆圈给人一种移动与深度的印象，并将你的眼睛导向中心。这样的误导使得正方形的四边看来好像向内部弯折。

7 如果你说你看见一只鸭子，你就对了！但如果你看见一只兔子也没错。如果你的眼睛先注意的是图画的左侧，你也许会产生一只鸭子的嘴的印象。如果你先注意的是右侧，你的眼睛会先注意到兔子的鼻子——而它的耳朵就垂在后面。

好主意

　　第一个利用光线的发明是日晷。公元前2000年，埃及人发现随着太阳的升起与落下，会在地上投射出物体的影子，于是受到启发，制造出一种根据太阳的阴影就可以辨别一天时间的仪器。他们采用一片圆形石板，上头刻有一天的12个部分——每个刻度2小时，在地上依角度安置，这样一来就可以知道太阳光落在哪个方位上，从而知道是什么时候了。

　　当然，日晷遇上多云的日子就没用了，而且也要求每天都是晴天，才能准确地指示时间，但是没有人因此而沮丧。人们随后开始专注于发明利用阳光以及电磁波谱的各式工具。这里所举出的不过是数项来自全世界发明家与科学家们的好主意。

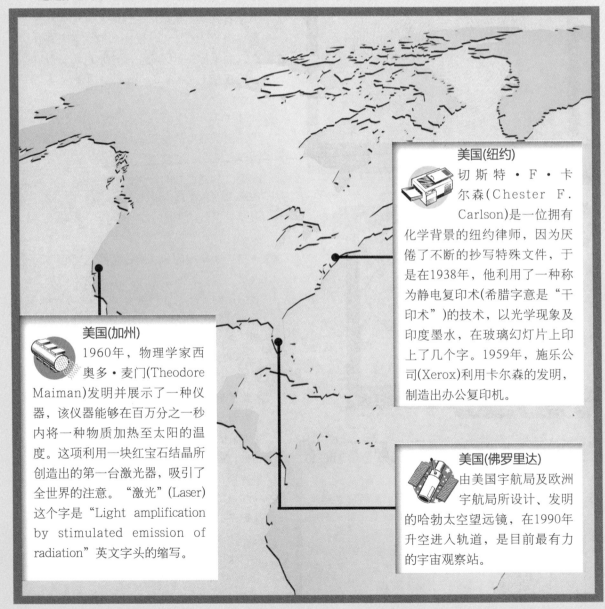

美国(纽约)

切斯特·F·卡尔森(Chester F. Carlson)是一位拥有化学背景的纽约律师，因为厌倦了不断的抄写特殊文件，于是在1938年，他利用了一种称为静电复印术(希腊字意是"干印术")的技术，以光学现象及印度墨水，在玻璃幻灯片上印上了几个字。1959年，施乐公司(Xerox)利用卡尔森的发明，制造出办公复印机。

美国(加州)

1960年，物理学家西奥多·麦门(Theodore Maiman)发明并展示了一种仪器，该仪器能够在百万分之一秒内将一种物质加热至太阳的温度。这项利用一块红宝石结晶所创造出的第一台激光器，吸引了全世界的注意。"激光"(Laser)这个字是"Light amplification by stimulated emission of radiation"英文字头的缩写。

美国(佛罗里达)

由美国宇航局及欧洲宇航局所设计、发明的哈勃太空望远镜，在1990年升空进入轨道，是目前最有力的宇宙观察站。

苏格兰

发明家约翰·洛吉·贝尔德(John Logie Baird)发明了一种利用强力光束扫描物体的照相机。他遂成为第一个能够向远方接受器传递实时、可辨认的移动画面的人。当时是1925年，也是电视开始诞生的一年。

英格兰

为了响应大英防空委员会的要求，罗伯特·沃森·瓦特(Robert Watson Watt)在1935年设计出可以侦测飞机的雷达。"雷达"这个字的意义是利用无线电波"进行侦察和定位"(radio detection and ranging)。

英格兰

约瑟夫·斯旺(Joseph Swan)在1878年发明了第一个电灯泡。第二年，汤姆斯·爱迪生(Thomas Edison)改良灯泡，才使灯泡不至于在几个小时内烧毁。

荷兰

镜片制造者汉斯·利伯希(Hans Lippershey)在1608年发明了望远镜。根据推测，作为玩具使用的望远镜应该早已在巴黎应用了，而利伯希是真正将其在公开场合展示的第一人。一年后，伽利略利用望远镜研究天空，并确认地球绕着太阳旋转。

荷兰

在1590年，汉斯(Hans)和扎卡赖亚斯·贾森(Zacharias Janssen)在一根管子里安上两个镜片，制造出第一台复式显微镜。1672年，安托尼·范·列文虎克(Antoine Van Leeuwenhoek)进一步改良这项发明。他制造出一台可以放大物体270倍的显微镜，这使他看见了细菌的真面目。

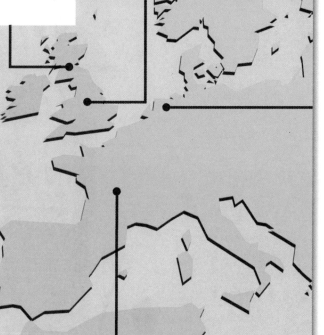

法国

1895年，电影摄影机及放映机由路易斯(Louis)及奥古斯特·吕米埃(Auguste Lumiere)发明。虽然他们是第一个将这样的发明服务于付费观众的，但许多人认为，美国人汤姆斯·爱迪生才是第一个发明电影的人。早在此4年前，他就已经发明了电影放映机，利用它，就可以让一个人看见移动的影像。

法国

照相术发明家约瑟·涅普斯(Joseph Niepce)制作了首张照片，当时是1826年。胶卷必须经过8小时的曝光才能呈现影像。

遥远的世界

现代的望远镜和哈勃太空望远镜的工作原理十分类似。但是它们是以不同的方式组合而成。它们之间有什么不同？为什么它们会有所不同？所有望远镜的共通之处是什么？研究一下两者的结构，好好想一想。

 课 程 活 动

神秘光源

安德鲁喜欢去找他的堂妹玛丽。她因爱开玩笑和耍小把戏而著名，他永远不知道，她何时是在开玩笑，何时是认真的。但这样一来，和她在一起实在很有趣。此外，他也和她一样，喜欢开玩笑捉弄人。

从他们还是小孩子开始，他们就开始互相捉弄对方的竞赛，看看谁捉弄对方的次数更多。这个时候，他们正好打成平手：500对500。安德鲁知道，玛丽仍然会不断想尽各种精心设计的法子来捉弄他，但已经准备好对付她了。他一面喝着她父亲做的美味菜汤，一面这么想。

今晚，玛丽看来似乎很严肃。她的话不多，但就在上甜点之前，她倾身过来低语："你想不想用很短的时间就发大财？"

安德鲁吓了一跳，只是耸耸肩。但后来，在他们的父母外出之后，她又问了他一次。"呃，也不错啊。"他回答。毕竟，他想要一台登山脚踏车想疯了，而离他的生日还有一段漫长的时间。"我想啊，但要怎么做呢？"

玛丽眨眨眼睛，"我猜在靠橡树桥公园附近的那间老房子里有钻石藏在那儿！"

安德鲁叹了口气，"别再提那个地方啦！我们在那里闯的祸还不够多吗？"那栋破旧的老房子从他有记忆以来就一直空在那里。几年前，亚历山大曾经怂恿他进去，结果他在里头吓坏了，拼命逃出来，从此离那个地方远远的。"嗯，这次也许值得惹点儿麻烦哦。"玛丽答复，"有人告诉我，珠宝大盗把偷来的钻石藏在那儿。那里离公路很近，要快速逃跑也很方便。"

"就算那里有钻石，我们也不能自己留着啊。"安德鲁说。

"当然不行啊，但我打赌一定有奖金吧。"玛丽回答。

不知怎么的，没多久之后，安德鲁发现自己正拿着他们仅有的一支手电筒，沿着黑暗的人行道，向那更加黑暗的老破屋走去。玛丽走在前头，在射向前廊的手电筒光线中，他看见她向里头跑去。

他一步一步小心翼翼地随着光线踩着台阶走上长廊，光线很昏暗，没有月光，邻近也没有路灯光。

他把门推开，厚重、老式的玻璃门把随之落下，他将它装在口袋里。在房屋里头，他的手电筒光线照着玛丽，她已经站在楼上了。"等一下！"他说。这时玛丽兴奋的声音传下来"我找到了！这里没有光线，但太神奇了！钻石把整个房间都照亮了，你自己来看看！"

安德鲁停下脚步，他自己笑了起来。"哼，你别再骗人了"他想。然后他在房间四周晃着手电筒，他发现对面墙壁上有一面大镜子，连接前头房间的是一段长而直的走廊，在走廊尽头右手边的墙上是一扇门。

也许是通往厨房吧，他想。"快来啊！"玛丽又叫道。"不，你下来。"他叫。当她跑下楼来，他正四处晃动着手电筒。"到底怎么了？"她问道。

"你一定得瞧瞧我在厨房里找到了什么。"他说道。"沿着走廊过来，我站在这里拿手电筒给你照路，你走过去瞧瞧。"

她疑惑地望着他。"嗯，好吧。"她说。她跑过走廊，走进黑暗的厨房，然后又回来。

"里面什么也没有。"她说。"手电筒有什么问题吗？安德鲁？安德鲁，你在哪里？"

随即，玛丽倒吸了一口气。在对面墙上，有一颗大钻石浮在空中！它发出耀眼的五彩光芒。

"真的有钻石哎！"她叫道。"我不相信！"

"你是不该相信。"安德鲁说道，"骗着你了！那是我准备的501次骗局！"安德鲁怎么会知道玛丽想要捉弄他?他的手电筒光线为什么没有照进厨房?你能解释浮在空中的"钻石"吗?

利用谜题中出现的提示及你所知关于光线的特性解开谜题。

光线只会以直线前进。
有些物质本身会发光，其他的只是反射或折射光线。

答案请见第90页。

X代表未知

X射线是不可见的电磁波，波长较可见光短，并携带较多的能量。它是在偶然的机会下，由德国物理教授威廉·康拉德·伦琴发现的。一天晚上，伦琴在实验室里做实验，看看能否制造阴极射线——在玻璃管中通过气体放电产生的电子束——能在阴极管外观察到。他无法完成，但是他却观察到一种新的射线，穿越了围绕阴极管四周的黑色纸盒。他的学生查尔斯·诺塔哥描述了当时伦琴告诉他所发生的状况：

"偶然间，他刚好留意到有一小片原本放在他的工作桌上的纸张闪着光。好像在黑暗中那片纸张上有一束日光照射到它。起初他以为那只是电子火花的反射，但是那实在太明亮，无法解释。最后他拾起那张纸，仔细检查，并且发现那道反射光是纸上头写的一个字母A所发出，那个字母是由用于照片成像的化学溶液所写成的。"

伦琴认为，这个发亮的字母A并不是因为阴极射线而发光，因为纸张太远了。一定有其他射线——某种强度足以穿越纸箱的射线——在起作用。伦琴不知道它们到底是什么，所以他把它叫做"X射线"，并觉得日后他会想出一个更好的名字。当然，名字就这么定了下来。伦琴准备了更多的实验，想看看X射线还能穿透什么样的物质。他将他的研究写成一篇论文，标题名为"新型射线"：

"我们很快就发现，在这种物质面前，所有东西都是透明的，只是透明程度不同罢了。我提供几个范例：纸是非常透明的；在约1000页厚的书之后，我发现荧光屏幕仍然有很强的亮度，打印机上的墨水字样几乎没有任何减弱……一片薄薄的锡箔也几乎是没有影响的；只有把好几张相叠之后，才能在屏幕上稍微看出它们的影子；厚木块也几乎是透明的……一片约15毫米厚的铝片虽然能在相当程度上阻挡射线，但也未使荧光完全消失。厚达数厘米的硬橡胶板仍然能使射线通过……同样厚度的玻璃片则相当不同，它们会因为是否含有铅(火石玻璃)而造成影响，有铅的阻挡性高于无铅者。如果将手放在放射管和银幕之间，则可以在较浅的手形影像之中，看得见较深的骨头阴影存在……我观察到这些，也拍下来了许多类似这样的影像。"

威廉·康拉德·

德国，乌兹堡，1896年

伦琴的发现很快引起全世界的注目，但并非所有人都对此赞赏有加。有些人认为，拍摄一个活人的骨骼是很诡异的，也是对隐私的侵犯。一位教授告诉媒体，在他看过他"自己的死人头"——他的头部X光片后，足足有一个星期睡不着。

但是对大多数人来说，赞成仍然多于质疑。在纽约及伦敦出版的麦克卢尔杂志派出记者H.J.W.达姆，在实验室中采访了一位科学家，达姆也在此描述了与这位教授会见的情况。

"教授解释了关于锡制小房间的秘密。那是他自己做的，可以形成便携暗室的装置……"

"'进来。'他说，一边打开锡制房间离管子最远的一扇门……门关上后，房间的内部变得漆黑一片。我发现的第一样东西就是一把我拿来坐的木凳子。"

"然后我发现在管子旁边的书架，以及涂有铂氰化钡的纸张。于是我就在此参观了第一个现象……射线的通过，射线本身是看不见的，它们的存在与否只能由其作用在一张敏感的相纸上的结果得知。"

"一分钟后，黑暗被一阵高压电流通过的劈啪声划破，我知道，管线的外端十分灼热……

'把书拿起来,'教授说。"

"黑暗中，我在书架上摸到一本足足有5厘米厚的沉甸甸的书，并将它放在电极板的前面。毫无例外，射线穿透了书，好像它不在那儿，光波在纸上呈现出像云一般的影像，亮度没有改变。纸张及木材轻而易举地就被穿过去了。随后我放下书和纸，将我的眼睛放在射线前头。一切都是黑的，我没有看见也没感觉到任何事。现在电流是最强的，射线不断穿越我的脑袋，如我所知的，到达了我身后房子的另端。但它们全都看不见……不论那神秘光线可能是什么，都只能靠他们产生的效果来判断。"

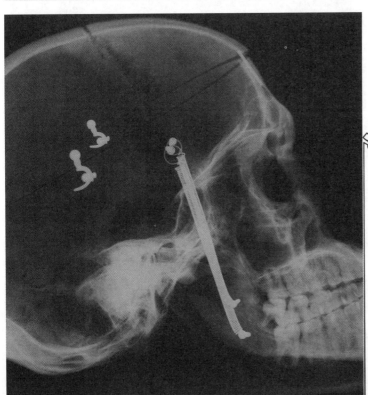

两种观点

你有没有照过X光片？牙医师为了找出你的蛀牙，就有可能为你的口腔拍照。问你的牙医师有没有一份你的X光片，并要他指出X光所能显示出来的部分（如牙齿、蛀洞、口香糖、空白处等），把你所看到的写下来，其中要包括为什么不同的东西以不同的灰色呈现的原因。

课程活动

杰出的工作

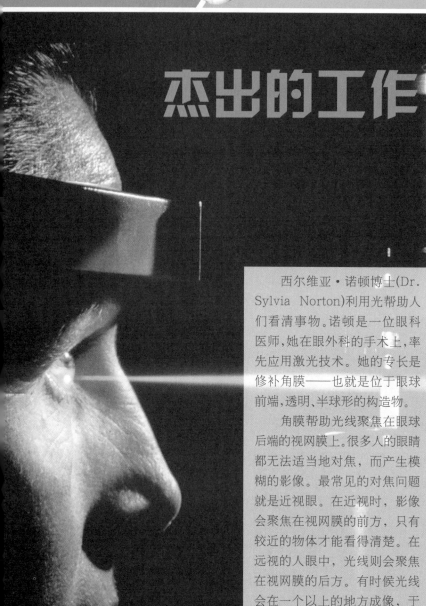

西尔维亚·诺顿博士(Dr. Sylvia Norton)利用光帮助人们看清事物。诺顿是一位眼科医师，她在眼外科的手术上，率先应用激光技术。她的专长是修补角膜——也就是位于眼球前端、透明、半球形的构造物。

角膜帮助光线聚焦在眼球后端的视网膜上。很多人的眼睛都无法适当地对焦，而产生模糊的影像。最常见的对焦问题就是近视眼。在近视时，影像会聚焦在视网膜的前方，只有较近的物体才能看得清楚。在远视的人眼中，光线则会聚焦在视网膜的后方。有时候光线会在一个以上的地方成像，于是就有人既是远视，也是近视的情况，也就是所谓的散光。

多年来，要矫正聚焦的问题就必须配戴眼镜或隐形眼镜。1991年，诺顿受食品药品管理局之托，学习一项仍在发展中的新技术——利用一种叫做准分子激光屈光性角膜切削术(photorefractive keratectomy)的激光外科手术方式，简称为PRK。她是被挑选接受研习的

50名眼外科医师之一。在学习期间，诺顿医生曾在一个6个月大的婴儿身上进行激光手术，以避免他失明。她还进一步利用激光来做实验，发展出一种可以移除角膜上令人苦恼的沙眼的新技术。

四年后，PRK技术被证实既安全又有效，也被许可进行更广泛的运用。今日，诺顿利用PRK矫正近视、远视及散光。

PRK手术中不会用到手术刀或其他刀具。角膜的表面被一道由特殊激光器产生的，既冷又不可见的紫外线光束重新塑型。激光产生一道精准波长的高能量光束。借由计算机的指引，诺顿的激光蒸散掉一点点的角膜，重新塑型以矫正聚焦的问题。这道光束非常精准。事实上，它只会重塑角膜外层的10%而已。激光的高精准度使它不会伤害附近的组织，甚至是眼睛四周的皮肤。

令人惊异的是，激光能够在80秒钟内重新塑型角膜。在手术进行时会利用麻醉眼药水，好让病人不感到痛楚。手

术完成后，病人通常要敷上绷带或眼罩，直到表面愈合为止。只要3~5天，多数患者都在视力上大有改善。大约两周后，患者通常可以进行第二只眼睛的手术。

有谁会来找诺顿做眼睛手术？凡是不喜欢戴眼镜或隐形眼镜的人们都会来动手术。她的患者中15%因为工作的原因要有更好的视力，其中包括有驾驶员、警官、赛车手，以及专业运动者。手术后，几乎所有患者都可以不戴眼镜开车、进行运动和看电视。事实上，诺顿已经加入了一个能够让她的患者把旧眼镜捐给有需要的人的组织了。

诺顿在纽约的锡拉丘兹市研究眼科学，但她也远到巴西、葡萄牙，以及非洲的许多国家进行眼科手术或指导其他眼科医生。她最近创立了西非眼睛基金会，目的是训练医生，以帮助14个非洲国家的人们保持良好视力。

诺顿觉得最快乐、最有成就感的经历也发生在非洲。在那儿，她治愈了一个10岁儿童的眼疾。该儿童从3岁开始就看不见——那是因为缺乏维生

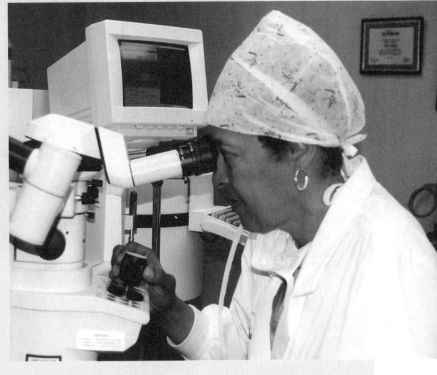

素，再加上麻疹感染的结果。在手术成功之后，这个男孩的爸爸盖了一所特殊的学校，并且将它命名为西尔维亚·诺顿盲童学校。

"视觉非常重要。"诺顿这么说。一定要尽你所能的保护你的视力，她强调。在从事运动时要戴上防护镜，离爆竹远一点儿，还要多吃蔬菜。已经证实蔬菜内含的维生素能让你的眼睛保持健康。

诺顿在一个有着7个孩子的家庭中长大。她的其他6个兄弟姐妹视力都有问题。其中三个人一生下来就有遗传性的眼疾，而使他们成为盲人。"这就是为什么在我很小的时候，我就告诉我母亲，我要成为一个眼科医生的原因。"目前她已经利用激光外科手术帮助了数以千计的患者，并造福全世界无以数计的生命。

相信吧

为什么要做激光手术？看一看第72页的眼睛构造图，留意在瞳孔周围的角膜弯曲的方式。现在，再翻回来看看第71页的凹凸透镜。想象一下，将凹凸透镜各一片，放在这些眼睛前头，然后想像光线穿过这些镜片。这些透镜会如何使光线折射，改变它们到达瞳孔的方式？试着把图画出来，你才能了解究竟是怎么回事。

动物眼中的世界

眼睛已经具备的功能

你有没有梦想过能够看到背后的东西，却连头都不用转？呃，如果你是只昆虫，你就会梦想成真。

人类的眼睛被称为"单眼"。每个眼睛只有一个晶状体。当光线穿过眼睛，就会被晶状体聚焦到视网膜上。视网膜上有感受器，可以沿着视神经把视觉信息传到大脑。

另一方面，昆虫则有"复眼"。一只复眼分成许多不同的小眼。一个小眼就像是有着一个或多个晶状体的微小眼睛。每个小眼都会接收来自昆虫周围的一个不同的部分。昆虫的脑于是会把这些彼此分离的影像联结成为一幅完整的影像。完整的影像也许会像是百衲被上由布头拼凑的图案一般。

别白费力气去接近蜻蜓了。因为蚂蚁有大约150个小眼，而苍蝇有几千个，蜻蜓甚至多达1万个！事实上，它的大眼睛占了头的大部分。数千只小眼让昆虫能够同时看见前方、下方及后方的景物。

小花，你看到色彩了！

现在看起来，似乎你可以不必再为家里的狗和猫感到难过了。很久以来，科学家们相信狗和猫完全是色盲，也就是它们无法分辨颜色。科学家以为这些动物看颜色就只是简单的灰、黑及白色。现在事情有所不同了。

最近的研究显示，猫和狗有两类细胞可以让它们看见颜色。猫和狗似乎看得见蓝、青及紫色。也就是说，它们和约4%的人类男性相同，它们都是"红绿色盲"。

知道这事后，你也许会怀疑，如果狗无法分辨红绿灯的颜色，那些"导盲犬"如何能安全地带领盲人穿越马路？导盲犬能够学习红绿灯的相对位置是很重要的：当上头的灯亮时，就代表停，当下头的灯亮时，就是可以走了。

视觉大师

这里是一朵花在一般人类及一只蜜蜂眼中的景象。蜜蜂能看见紫外线。它们尤其会被黄色及蓝色的花吸引，那是因为这些颜色的花反射的紫外线更强烈，使它们可以轻易确认花蜜的位置——当然，你得是只蜜蜂才行。

人眼所见

蜜蜂所见

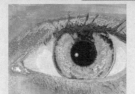

在夜晚的光线中

在夜间你身处于你家后院中。突然，你的手电筒照到了两个闪亮的圆圈，漂浮在黑暗里！难道是从外星球来找食物吃的生物吗？别担心了。那也许只是一只觅食的浣熊。

某些夜行性动物的眼——如浣熊、负鼠和猫头鹰等会在光照时闪光。那是因为这些动物的眼睛都有一层特殊构造：一片薄薄的似镜子般的反光膜。要了解这层膜如何创造出"闪烁眼睛"的效果，我们必须紧盯手电筒的光，看它扫过夜行动物的眼睛时会怎么样。

夜间捕食的动物通常有着超大的瞳孔，可以张得非常大。这样可以使更多的光线进入眼睛，以便在黑暗的环境中看得更清楚。

经过瞳孔后，光线到达眼睛的视网膜，并借由视神经与大脑联结。人类的视网膜是由帮助我们在亮光中看得见的细胞，以及帮助我们在微光中看见的细胞所构成。因为夜行动物很少碰到明亮的光线，它们能在亮光下看清楚事物的细胞就很少了。事实上，许多蝙蝠及某些蛇类根本没有这样的细胞。

任何通过视网膜的光线都会碰上这层反光膜。这层反射性物质会将光线反射回视网膜，赋予动物的眼睛再次撷取影像信息的机会。在这第二次反射之后仍然存在的光线就会从眼睛反射出去。这些残余的光线就会射向你，产生了"闪烁眼睛"的效果，令人毛骨悚然。

其他的眼睛如何

想象一下，如果你能把眼睛换成这里所提到的动物的眼睛，如果你仍然照目前的习惯去学校、运动场等，你会选哪种动物？那些眼睛的好处及坏处各是什么？写下你对于"完美眼睛"——也就是结合所有最佳"功能"的眼睛，能够促进你的生活的看法。要把人眼的特色，或其他未提到动物的眼睛的特色包含进来也可以，要有创意哦！

课 程 活 动

闪闪发亮

弹跳的光束

镜子不只是用来看见你的反射影像而已。1969年，阿波罗宇宙飞船在月球上放了一面镜子，再回到地球上。科学家用激光照向这面镜子，并记录下其抵达月球再反射回来的时间：2.6秒钟。因为他们已知光的速度，于是他们就可以知道从地球上的一点到月球上的一点的距离是384 393千米。

成天看电视的人

当你按下遥控器上的按钮，转换电视频道时，你正操纵着红外线光波，它从你手上的仪器传导到电视上的接收器中，告诉它该转换频道了。

太阳光

在两个星期之中，地球从太阳接收的能量——总计电磁波谱中所有波长的电磁波的能量——相当于全世界煤、石油及天然气能源的储存总量。

闪亮的昆虫

当萤火虫在夜空中飞行时，它们会产生低热量的黄绿色或红橙色光线。这样的小光点是由昆虫的腹部的化学反应产生的，并由它们的神经系统控制。大多数科学家都同意，这样的光线是交配的信号，有些人也认为它能够吸引猎物，或是放出警示信号。

最理想的光学器材

光束带给你信息……

想象一下吧！这已经是实现的事实了。光纤利用光线脉冲原理，通过细如发丝的玻璃或塑料纤维束来传递信息。

光纤比一般的电线更细更轻，同时可以传递大量的信息，包括电话内容、电视画面，以及联结全世界的计算机。

光纤(上)通常是成束的。当一长段的一捆光纤都以相同的次序排列时，某种形式的信息或影像就可以借之传递。你很有可能就是利用特定的线路与他人联系。世界上超过80%的长途电话系统都使用光纤线路连接。

丰富的光彩

世界上最大的经过加工的钻石是"非洲之星"。它拥有74个面，这使它成为一个有许多面的棱镜。光线射入钻石，分散成为明亮的颜色，并再次反射出，使其显得绚丽夺目。

因光而死

根据传说，生于公元前200多年的一个西西里数学家及发明家阿基米德，曾经使用一种死光机来对付他的敌人。当罗马人攻击他的城市，他利用阳光透过玻璃来制造火花，向敌人开火。

他到底是怎么做到的?如果你把两块棱镜放在一起，基底对基底，光线会穿越两个棱镜，并被折射向它的基底。通过上端棱镜的光线被折弯向下，而射向下层棱镜的光线则被向上折射。如果合并，光线会在中央部分相遇。这两个棱镜合起来形成一个凸透镜，作用像放大镜。两道光相遇的点不只是将光线集中到一个点上，同时也集中了能量。要烧掉罗马舰队，阿基米德得要集中很大范围的光线，需要一片极大的放大镜。换句话说，科学告诉我们，阿基米德事实上不可能把罗马敌人们全都烧死。

艺术中的光线

19世纪晚期，一种歌颂光线壮丽的新式画风崛起。印象派画家笔调大胆，注意光线与颜色的调和，营造出一种实际景物的"印象"，而非实际景物。他们使用厚重的笔触，强调一层层的光线颜色，使绘画中的景物色彩看起来更为明亮，一如温森特·梵高 (Vincent Van Gogh) 的"星夜"(上图)那般。

门把手

一种叫做门把手效应的情况影响每一个人。当你望着黄铜或银制的门把时，你会发现你的脸扭曲变形了：也许你的下巴会比你的头其余部分还大，或者是你的眼睛被分得很开。

之所以会发生这样的情况，是因为门把手的表面弯曲，所以照射到其上的光线会反射到各个方向，产生出扭曲的影像。游乐园里的哈哈镜也是根据同样的原理制成的。

更白的白色

有些洗衣店中的洗涤剂中含有磷光剂，它在阳光下能吸收看不见的紫外线。这些紫外线会使磷光剂发出可见光，并使白色看起来更白，使其他颜色看起来更明亮。

光的语言

想象一下，如果你不能以声音进行通信——这是太空里的难题，那么你会想要利用光线通信，因为它以恒定的高速前进。事实上，如果你能够操纵位于纽约及洛杉矶的两面镜子，仅仅一秒钟时间，光线就可以在两面镜子之间来回30趟！

现在你刚刚被一个工程师团体雇用。你要面对的挑战就是创造出一种模式，可以描述光波如何应用在通信上。老实说，手电筒不是太空中通信的好工具，但你只是创造出模型而已。这个模型必须符合以下的标准：

● 至少利用两种镜子或透镜——如平面镜、凹透镜、凸透镜
● 可以发送起码两条街的距离的光线
● 可以向上或向下发送光线(也就是天花板到地板)
● 必须包括一组可以了解信息的代码
● 利用手电筒作为光源
● 可以给少年儿童使用，帮他们了解光线的波动性

以下是你要做的：

① 组成三四人的小团体，研究不同的镜片如何影响光线的方向。

② 找出各种镜子及透镜。并实际用手电筒做光源，试验你从上面的研究中所学到的结果。并设计如何利用这些镜子及透镜，以决定你到底要用哪些。

③ 创造属于你的代码。并与你的小组练习传送信息与解读。

④ 把你的镜子或透镜配置图写下清楚的解释，让你的同学也能够照着你的说明操作。要记得包含有插画及范例。

⑤ 在太空中彼此通讯的方法，对于我们在地球上通信的技巧有什么样的启示？对你的同学展示你的模型。并针对这个问题的答案发表简短的演说。

⑥ 为了面对真实的挑战，想想我们可以如何利用电磁波谱中的其他类型光线来进行通信呢？

第80~81页"待解之谜"的答案

1. 钻石会反射光线，它们自己不会发光。在完全黑暗的房子里，玛丽不可能看见钻石闪烁。

2. 光束不可能在射向门厅之后，还转弯照进厨房。

3. 安德鲁用手电筒照向那个玻璃门把，把它反射和折射的光照向房间另一端的镜子上。门把手就像个棱镜，将光线分解成不同颜色的光，就像钻石一样。

电

咝……

深夜里，房子里又黑又安静——其实，只有你才会这么觉得。因为在你身旁有无数个微小粒子在一圈一圈地飞行着。你看不到这些粒子，但它们确实存在——在你家的墙壁中，在天花板上，在你的帽子里，在你床下用过的比萨饼纸盒中，它们甚至还存在于你的身体里。这些粒子快速旋绕在每个原子核的周围（而原子又构成了世界上的每一个东西）；它们就像围绕太阳旋转的小行星一样。它们就是电子。当电子被推出轨道或者散布在轨道外时，它们就可以朝同一个方向流动。如果电子从发电厂，通过电线流到你家里，所谓的"电力"就出现了：电流来了。

原子——如果把物质一直分割下去，最后还能保持其特有性质的最小单位，就是原子。

原子核——原子的核心，由带正电的质子和不带电的中子组成。

电子——构成原子的另一部分，电子带有负电荷。

导体——电容易流过的物质是导体，例如铜就是导体。

绝缘体——绝缘体是电不容易流过的物质，例如橡胶就是一种绝缘体。

电路——由电线或其他导体所构成的闭合回路。

电流——电子的流动形成了电流。

发电厂——电就是从这里"制造"（也就是"生产"）出来的。

升压变压器——这种变压器设在电厂和你家之间，用来升高电压。

降压变压器——这种变压器设在从电厂来的输电缆和通往你家的输电线之间，是用来降低电压的。

开关——一种切断或闭合电路的装置，切断时造成电流中断，闭合时让电流得以通过。

安全断路器——这种装置会在过多电流通过电路时，把电路切断。

负电的态度

慢着！你房间里的这些电灯和电器，可不是一夜之间就冒出来的。将电传送到你家的严密的输电系统，也同样不是突然出现的。所以首先我们得弄清楚，这种奇异的力量究竟是什么。然后还得知道怎样才能让这种力量为人做事，这种力量能为人做什么。电力到底是怎么运作的？让我们从头问起。

问：电子先生，能不能为我们说明一下你一天的生活？

答：行呀，不过我如果没能停下来说说话，请你原谅我，我得一直运动。转呀，转呀，转呀，转呀，就像钻头那样。我猜想一定有人也是这样，但大部分时间，我觉得其实我哪里都没去。

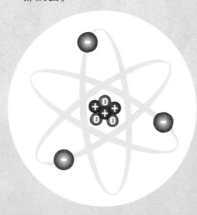

问：听起来你的声音是阴性的！

答：呃，你能对电子有什么要求呢？我本来就带着阴性电荷——负电荷。所有的电子都一样。我们都带着负电荷。不然你以为用来表示电子的小小负号是做什么的？

问：喔，是的，真的是负号。那图上的质子都带着小小的正号，意思是说它们带正电荷，它们都是阳性！你会不会宁可当个质子呢？

答：才怪！那些可怜家伙，成天被困在小小的原子核里。它们怎么会带着正电荷，我可不管。至少我还能到外面来回走动，能运动运动。再说有时我还能溜出来。

问：你的意思是？

答：这样说吧，原子在大多数时候都是非常稳定的。原子里质子和电子的数量是一模一样的。也就是说带着同等数量的负电与正电。你知道吗？这意味着"平衡"与"秩序"。

问：能说说原子核里的中子吗？

答：它们呀？喔，它们不重要。它们不带电。它们真的什么都不算。无聊的话题！

问：也许吧。总之，你说"原子在'大多数时候'都非常稳定"是什么意思？

答：因为偶尔会有推挤、摇晃的现象，会有小小的混乱发生。

问：什么样的混乱呢？

答：呃，我们电子有时候会跳到另一类原子上——不过那就是化学现象了！有时这种混乱只不过是简单的摩擦而已——就是两个物体的相互摩擦。要搅乱我们电子，其实是很容易的。我们属于容易冲动的一类。也许有这种个性是因为在轨道上转久了而想离开这里。总之，我们就这样跑到别的地方去了。从轨道上被踢开了。真惨！我们从头一个物体上飞走，就这样一大堆地堆到另一个物体上，然后我们就留在这个物体上了。所以这种电被称作"静电"，"静"的意思就是安静地呆着。但小心啦，我们可还是带着电的，我们仍旧有力量。

问：这种力量能做什么呢？

答：能冒出火花。比如说你走过干燥的羊毛地毯，而后去触摸金属门把手，电子就会从地毯跑到你身上。电子会在你身上累积起来。你的手上会带电，而电会跳到最近的导体，也就是门把手上，此时门把手就带负电了，它上面有了过多的电子。

问：那地毯呢？

答：地毯则有了过多的质子。等于是带有正电。同样的事也会发生在从烘干机拿出的衣服上。你有没有注意到，烘干机里的衣服总是粘在一起？烘干机的热和滚动会造成电子的扰动，因此它们都从你的袜子跑到T恤衫上去了。你的袜子会带正电，你的T恤衫会带负电。如果你想把它们分开——喙！粘在一起了吧！这就是静电造成的。

问：但为什么带正电的东西会和带负电的东西粘在一起呢？

答：因为它们有着互相拉扯的力量。原子总是想回到平衡状态的！电子和质子是互相惦念的。很自然的事情。正电和负电是互相吸引的。你听过"异性相吸"这种说法吧？

问：听过。但我以为那只和磁铁有关系。

答：呃，下面的说法一定让你大吃一惊！电和磁其实是同一种力量的表现。它们都是正电和负电造成的。都是异性相吸，也都是同性相斥。相斥、相吸，这就是世界运转的法则啦！你怎么不问我是否所有的电都是由摩擦造成的呢？问呀，问呀。

问：好吧。所有形式的电都是由摩擦造成的吗？

答：很高兴你能问我。但答案是否定的。

问：你又开始进行否定了。

答：我说过的，我本性如此。但静电只是电的一种，那是一种静态的电。另一种电是流动形式的，也就是运动的电，是一种通过某些特定物体的持续不停的电子流。

问：只会通过某些物体？

答：是的。这种物体叫做导体。像铜和其他金属以及水都是导体。电穿过潮湿物体的速度会比干燥物体来得快。简单地说，导体内的电子很容易自由流动。它们脱离轨道后，你觉得会有什么事发生？

问：什么事？

答：嗯，它们会想要找个家。所以，它们会依附在另一个原子上。但这样又会把原来在那儿的电子给撞出来！这有点儿像，比方说你在排队买电影票，突然后面有个小孩推了你一把。你不能只站在那不动，所以你推了前面的人一把，他又推了他前面的人一把，于是这种连锁反应会沿着队伍继续下去。电流就像是这样。

问：喂，别推呀！有什么东西是电无法轻易通过的？它们不是会更礼貌些？

答：这种东西叫做绝缘体。它们的电子是牢牢不动的。即使你花大力气推它们，它们也一动不动。橡胶或塑料类的东西就是绝缘体，玻璃也是。你得记住一件事，电子总是流向最没阻力的地方。它们如果无法在此地轻易通过，它们就会转移到另一地去。

问：这就是为什么电线要用塑料包起来的缘故吧。

答：完全正确。塑料不让外面的电子进来。它们把门锁得紧紧的，没有空位。别进来占位子。

问：最后一个问题：你比较想成为静电的一员，还是想当电流中的一员？

答：能流动通常是比较有趣的。如果只是从T恤衫跑到毛巾上，实在太没意思了。人们才不关心这种事。不过有一种静电倒是很难不被人注意。

问：是什么？

答：给你个提示：喀嚓——轰隆隆！

问：闪电，对吧？

答：答对了！这是静电壮丽的表演。此时的电子会加热——热到比太阳表面还热6倍。至于是谁发现闪电是电的？他可是我心中的英雄，是他让我出名的！

来放个风筝吧！

本杰明·富兰克林（1706—1790）

他是政治家、发明家，同时是个好奇心十足、又非常聪明的人。他证明闪电是一种电，因此人们说他"从天上抓到了电"。正如他所说，这是他的一项著名实验。但千万记住——请勿模仿！

富兰克林使用的器材

- 丝织品
- 顶部有针状金属线的风筝
- 细绳（绳子湿了以后便会成为电的导体）
- 接在细绳底端的丝带（富兰克林站在一块遮雨处，使他和丝带得以保持干燥，这样丝带就不会成为导体）
- 金属钥匙

1752年，美国宾州的费城

在一场大雷雨降临时（这是常有的事），放起风筝，而且拿着风筝线的人必须站在门后、窗口后方，或是站在任何遮雨处，这样丝带才不会打湿。还要注意，不要让细绳碰到门窗框。打着闪电的云靠近风筝的时候，风筝尖端的线便会将电传导过来，此时整个风筝和整条细绳都会带电，细绳的毛边都会竖起，而且会在手指头靠近时被吸引过来。

"当雨水将风筝和细绳打湿后，它们就能导电；如果你把指关节靠近钥匙，你便会发现源源不断的电流。"

幸运的是，富兰克林的风筝并没有真的被闪电击中。如果被闪电击中，他可能早就死了。但带电的空气中已有足够的电流，证明了电的存在。富兰克林用指关节碰触钥匙的时候，当场就被一道强力的火光击中。那当然很痛，不过也证明了闪电是一种电——静电。

闪电？可怕！

闪电是雷雨云中积聚的大量的电荷所造成的。云中的气体和水滴的流动，造成了云块间的电子不平衡状态，也造成了云层和地面的电子不平衡状态。

在美国，每年被雷电击中而死亡的人数，比因为龙卷风和飓风而死亡的人加起来还多。

如果你在户外遇到大雷雨，而一时找不到房子避雨，千万别站在树下，想办法躲到低洼处并躺下。当然最重要的是——千万别放风筝！

安全的玩法

富兰克林的风筝实验其实是非常危险的。在他实验一年后，一位法国科学家在尝试此实验时被雷击中身亡。你可以为小朋友准备一本解说闪电的小册子，在上面以图画的形式来向小朋友详细说明闪电所引发的危险。小册子里要包含以下资料：云的形成；电荷的积聚与闪电的形成；闪电的产生；闪电的温度；闪电的传导；雷声；与闪电有关的研究；以及打雷时如何注意安全等。

与电池有关

富兰克林发现闪电是一种静电，但他并不是第一个发现静电现象的人。几百年来人们一直进行着与静电有关的实验。

大约公元前600年的古希腊

希腊米里塔斯城的泰利斯（Thales of Miletus），及其他一些科学家是最早进行电学实验的人。他们发现，如果一块琥珀——也就是树脂的化石——与一块毛皮或布料摩擦，这块琥珀便能吸住像羽毛这类较轻的物体。他们不知道为什么会这样，但他们的研究成果对后来的发现有极其重要的影响。英文的"电"（electricity）一字就是从希腊文的"elektron"来的，意思是琥珀。

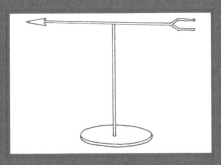

1600年，英国伦敦

威廉·吉尔伯特（William Gilbert）是女王伊丽莎白一世的医生，他是第一个用"电"这个词的人。他做了一些实验，拿物体摩擦玻璃管，以产生静电。后来，吉尔伯特发明了第一台可以检测电的装置，叫做验电器（versorium）。这个装置看起来像小型的风标，装置上有一个线状的指针，当靠近带电的物体时，指针就会转过来指着这个带电物体。

静电存在的问题是用途有限。它只出现在打雷或冒出火花时的那一刻。静电现象很有趣，但不是很有用。电力发展史的下一步飞跃与一只死青蛙有关——到这个时候电才得以被储存起来，并能够被逐渐释放出来。

1780年，意大利的博洛尼亚

伽伐尼（Luigi Galvani）是意大利科学院的解剖学教授，专门研究青蛙。他发现，他实验室里一台机器所冒出的火花，可以让死青蛙的腿抽动。他进行了其他实验，将蛙腿放在金属桌上，然后用不同的金属片碰触蛙腿，使蛙腿可以跳起来。伽伐尼于是得出结论（但这个结论是错的），认为是蛙腿中的电流让腿动起来的。

但他的同事伏打（Allesandro Volta）有不同的想法。他认为（这个想法是对的）电是从碰触青蛙的各种金属片来的，湿蛙腿只是电的导体。伏打借着这个发现，于1800年发明了第一个电池。

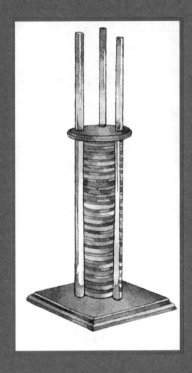

1800年，意大利的博洛尼亚

伏打宣布他发明了一个可以连续产生电的方法，而不再只是一次次不连续的火花。他的发明后来被称作"伏打电堆"（见右图），但这实际上是第一个电池。

那么什么是电池呢？电池是电荷的储存场。电池里存有电荷，并能将它连续地释放出来，电池是化学反应的产物。在第一个电池里，整叠的锌片和厚纸板被浸泡在盐水或醋中，中间夹有铜片，好像三明治一样。电子会通过溶液，从铜片跑到锌片上，因此产生了电流。今日的电池用的化学材料不太一样了，但基本的原理是相同的。

柠檬也派得上用场：
用柠檬制造一个电池。将一片铜片和一片锌片深深地插到柠檬中，注意不要让这两片金属片接触。拿一只电压表来测量这两片金属片之间的电压。这个电压应该有1伏特左右。电子会在酸酸的柠檬汁中流动。

点点滴滴：
开始做一本与电有关的剪贴簿吧。你能收集到多少与电有关的惊人秘密？你可以用这本剪贴簿来讲述电的历史，或是收集你最喜欢的电力装置的照片，或者贴上任何你觉得有关的东西。

 课 程 活 动

大转变！

科学家有了储存电的工具（也就是电池）之后，他们得以创造出一个又一个的发明。这个世界进步的速度越来越快，地球也似乎越来越小了。

1821年	1837年	1844年	19世纪40年代到1879年	1876年

电动机

丹麦科学家奥斯特（Hans Christian Oersted）发现电和磁是同一种作用力的不同形式。根据奥斯特的发现，法拉第（Michael Faraday）和约瑟夫·亨利（Joseph Henry）各自制造了第一台电动机。法拉第的电动机和19世纪末之前所有的与电有关的发明一样，都是使用直流电驱动的，也就是由电池供给的电流。

电报

第一台实用的电报机是由库克（William Cooke）和惠斯通（Charles Wheatstone）发明的，但是他们的机器需要5条线才可以工作。1840年，美国人莫尔斯（Samuel Morse）在另外一些人的协助下，发明了一种可以靠一条线就能发送的电码。

弧光

在巴黎的协和广场大街上，亮起了第一道电灯。但是这盏电灯没有灯泡。它只是一道弧光，也就是在两块碳极间所跳动着的电火花。在15～20年间，弧光被用来照亮美国纽约、克利夫兰，以及世界各地的许多都市。

电灯泡

弧光有它的问题，它们很吵，而且亮度太强，无法供室内使用。发明家在以后的数十年内，努力研究制造灯泡。灯泡是一个玻璃球，里面有一条叫做灯丝的线或金属丝。最大的问题是：灯泡里面有空气。如果没办法达到真空——也就是灯泡内没有空气——发光的灯丝很快便会烧毁。

电话

贝尔（Alexander Graham Bell）在构想如何改良电报时，发明了电话。第一次通电话是很意外的。贝尔弄翻了电池内的酸液，泼到自己身上，于是向他的助理大叫："华生，快来帮忙！"他的助理通过电话听到了他的声音。

1876～1882年　　1882年　　1898年　　1888～1900年

电话、电笔、电灯泡

托马斯·爱迪生 (Thomas Alva Edison) 是美国的发明天才。他创立了世界上第一个工业研究实验室。他获得了上千个发明的专利，其中包括电话（贝尔电话的改良）、电笔，还有，就是为了寻找合适的灯丝，经历了14个月的研究后所发明的电灯泡。

家用电器

电熨斗的发明引领了一个发明家用电器的新时代，这使得家务琐事变得轻松多了。插上电后，熨斗会因为里面通电发烫而喷出蒸汽。之后的20年还陆续出现了吸尘器、电炉子等家电产品。

特斯拉线圈

塞尔维亚裔的特斯拉 (Nikola Tesla) 发现了交流电，并发明了特斯拉线圈 (Tesla coil)。我们今日的居家和建筑内用的都是交流电。爱迪生因为投资了许多钱在直流电发电厂上，才试图叫大家拒用"交流电"。

交流电

特斯拉卖出了100多种电器发明专利，包括第一部汽车速度表，他将速度表卖给了乔治·西屋 (George Westinghouse)。这使得西屋公司得以成为电器业的龙头老大。特斯拉还设计出一套无线的广播系统，希望用来传送声音、影像和电力。由于这是相当革命性的想法，以至于当时的人认为他不正常。

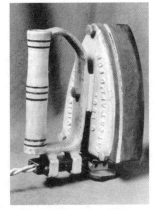

你的偶像是谁？

爱迪生和特斯拉都在电的领域中作出了巨大的贡献。查阅相关资料，列出他们注册了专利的发明，并了解他们的生活，然后在班上讨论，他们哪一个人的贡献较大。

课 程 活 动

把黑暗赶走

寻找合适灯丝的工作，既漫长又累人。弗朗西斯·杰尔（Francis Jehl）是爱迪生的助手之一，他在多年后回忆时说道：

"许多一开始看来不错的材料，在后来测试时都失败了，只好丢到一边去。每一次实验都详细地记录在笔记本中。许多记录中只有丝线材料的名称，后面还有两个英文字母T. A.，意思是'再试试吧'（Try Again）。"

"棉线、麻线、黄麻线、灯芯绒、马尼拉麻，甚至连硬木都试过了……煮过的中国生丝和意大利生丝，还有经过其他处理方式的丝也在尝试过的材料中。其他试过的材料还包括马鬃、柚木、云杉、黄杨木、硫化橡胶、软木、赛璐珞、各地收集来的草纤维、麻包线、焦油纸、包装纸、硬纸板、棉纸、羊皮纸、冬青、脱脂棉、藤条、红杉、生黄麻纤维、玉米穗缨，以及新西兰麻等。"

"其中最有趣的材料就是实验室里男士们的胡子，它们会以极快的速度烧尽。"

1879年10月21日，爱迪生制造出了不会烧掉的灯泡，它的灯丝是用炭化的棉缝线制成的。爱迪生和杰尔整晚不睡，看着它发光。爱迪生说：

"我们坐着、看着，灯泡一直都亮着。""我们没一个人想睡觉，整整40个小时没一个人去睡。我们坐着、看着，我们的焦虑变成了喜悦。灯泡持续亮了大约45个小时。于是我说，'如果它现在能亮这么久，我想我一定可以让它亮上100个小时。'"

记者形容电灯泡是"真正的阿拉丁神灯……一颗光芒四射的小球。"很快，电灯便在大众面前亮相了。

1879年12月31日的《纽约先锋报》

"爱迪生的实验室今晚将为大众开放，展示他发明的电灯。纽约市东西侧都加开了班车，成百上千的民众不顾暴风雪天气，要来亲眼目睹这项创举。实验室被25只电灯泡照得灯火通明，办公室和会计室里点了8只，另外20只灯泡则散布在街上，照亮了从车站通往实验室的道路，还有一些被安在了邻近的房屋上。爱迪生和他的助手们详细说明了整套系统，并对电灯进行了多项测试。"

"其中一项测试是将电灯的电流开关以极快的速度开开关关，开关次数是根据一般家庭实际照明约30年间的开关次数计算出来的，而灯泡的亮度、稳定性或耐久性都完全看不出有任何变化。"

1882年，美国纽约市

爱迪生所心爱的电厂计划——珍珠街中央电厂——已经完工了。它使纽约成为世界上第一个由电来照明的大都会。爱迪生被誉为天才，人们认为，电灯的到来，赶走了黑暗所带来的害怕与迷信。德国史学家艾弥尔·路德维格（Emil Ludwig）说，电灯的发明，就好像是又一次发现了火，"将人们从黑暗的诅咒中带了出来。"

电灯之战

爱迪生对人类作出了巨大的贡献，但他真的是电灯泡的发明人吗？一位名叫斯万（Joseph Swan）的科学家，在灯丝问题上研究了20年，也同样想出了使用炭化灯丝的方法。他在1880年的时候为他的电灯注册了专利。请查书或上网查询相关资料，然后在课堂上进行讨论。

课 程 活 动

什么是"瓦特"？

我们用瓦特(watts)、伏特(volts)、安培(amperes / amps)和欧姆(ohms)等单位来测量电。

伏特 表明电路的强度或"电压"。

安培 表明在单位时间内通过电路某一点的电子有多少。

瓦特 表明在给定时间内用掉的电能。伏特乘上安培，就等于瓦特。

为下这个公式要记起来喔：伏特×安培=瓦特

欧姆 表明电路中电流所受到的阻力。

真是惊人！

一次闪电需100 000 000伏特的电压。

在干燥空气中脱毛衣有可能产生30 000伏特的电压。

使用梳子梳头能产生10 000伏特的电压。

在地毯上走路可以产生3 000伏特的电压。

穿大衣时有可能产生1 000伏特的电压。

但为什么这些日常活动不会伤害我们？因为除了电火花外，这些活动的安培数，也就是它们所产生的电流，都是非常微小的。

我们使用多少瓦特的电？

一只灯泡可能使用60瓦的电功率。在美国，大多数的家用电路都使用110伏特、15安培的电。作个简单的乘法吧，你就会发现，一个电路大概同一时间可以负担1650瓦的电功率。也就是说，可以同时点亮27只60瓦的灯泡。

千瓦（Kilowatt）

顾名思义，就是1000瓦特。如果你看过你家的电费单，你会发现它是以"千瓦小时"（也就是"度"）来作测量单位的。1千瓦小时（也就是"1度电"）是1千瓦的电功率使用了1小时。一般家庭一个月内大概会用上几百度电。

电用得还真多

　　全世界一年要用掉多少电？12.26万亿度的电！这是1997年时的数字。这些电在世界各地是怎么分布的？请看下表。

谁用了多少电力	0度	10度	20度	30度
北美				
中南美				
西欧				
东欧和前苏联				
中东				
非洲				
远东				

和电有关的网址

　　许多网页上都有和电有关的资料，以下几个供你参考：

- 美国科学博物馆：
  www.mos.org

- 富兰克林与他的电：
  www.sln.fi.org

- 爱迪生的主页：
  www.thomasedison.com

- discoveryschool.com

导电实验

将两把由不同金属制成的叉子（尖端朝下）分开十几厘米，放进同一个装满水的玻璃搅拌皿中，并让每一把叉子露出一点在上面。用胶带将叉子固定在器皿的两侧。然后使用电压表，测量两只叉子间的电压。然后将三杯盐放在水中，再量一次看看。电压值有何不同吗？为什么会造成不同？

命名游戏

哪些与电有关的术语，是以发现与电有关的知识的科学家名字来命名的？用那些还没被用过的科学家的名字，来创造出新的术语。

课 程 活 动

电力之旅

冰岛：大量使用来自地下所喷出的热水的地热能源。

加州：遍布全州的太阳能热电厂，使用太阳的热来烧水，以此产生蒸汽来推动发电机的蒸汽轮机。

北美洲

英国：英国能源公司负责供应英国1/5的电力，该公司拥有8座核电厂。

内华达州与亚利桑那州的州界：胡佛大坝上的水力发电厂，供应着100万人所需的电力。

纽约州：尼亚加拉瀑布区的水力发电厂是由特斯拉设计的。

南美洲

　　这张地图显示了全世界的发电、用电情况，闪电符号标示着10个电力生产最多的地方。

　　发电方式有很多，可以是燃煤或燃油、风力发电、太阳能发电、水力发电，或核能发电等等。但不管使用哪种燃料、哪种方式，全世界几乎所有的电都是靠电磁发电机产生的。电磁发电机，顾名思义，就是用磁铁将水能、风能、太阳能或燃料的热能转换成电能。

　　我们已经学过了磁和电是同一种力的不同表现方式。电流能产生磁场，同样的道理，磁场也能够产生电流。

　　每座发电厂都有发电机。发电机有金属线圈，线圈内部是可转动的大磁铁。当磁铁转动时，便让金属线内产生电流。这个磁铁又称作涡轮。涡轮可以靠蒸汽、水流或风力来使它转动。

乌克兰共和国的切尔诺贝利：当地的切尔诺贝利核电站于1986年4月26日的凌晨1时23分发生事故。切尔诺贝利一带的居民受到的辐射比广岛原子弹爆炸产生的辐射还要强100倍。

中国的长江：三峡大坝是现今最大的水电站，其水力发电厂估计可以发出相当于15座核电厂的电能。

亚洲

埃及：阿斯旺水库供应全埃及的灌溉和发电用水。

中国：中国多半采用燃煤发电；中国是世界上最大的产煤国和煤炭消耗国。

非洲

澳大利亚

澳洲和新西兰：在这一地区，水力和地热发电厂供应了25%的用电。

用电量：

- 非常高
- 中等
- 低
- 非常低

神奇的磁铁

你会不会设计用电来产生磁的装置？想一想用一根钉子、一根铜线和一节手电筒里的电池，来制造电磁铁的方法。请你的伙伴照你设计的方法来组装这个装置。拿一条绳子挂住一根小铁钉，然后放在电磁铁边，来测验电磁铁的磁力强度；看看它能不能吸动铁钉，又是以怎样的方式在吸引铁钉的。

南极洲

课程活动

你身上带电！

电子存在于世界上的每样东西里，当然你的细胞也不例外！电流使你身上的肌肉运动（当然是非常小的电流啦）。身体也跟家里的电路一样，如果电力负荷过大——例如被电到，或是被雷击到——后果可是相当严重的。

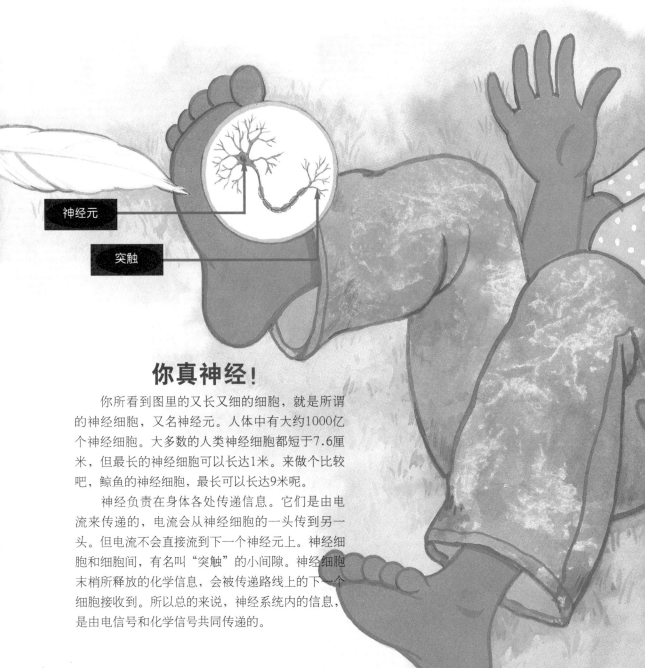

神经元

突触

你真神经！

你所看到图里的又长又细的细胞，就是所谓的神经细胞，又名神经元。人体中有大约1000亿个神经细胞。大多数的人类神经细胞都短于7.6厘米，但最长的神经细胞可以长达1米。来做个比较吧，鲸鱼的神经细胞，最长可以长达9米呢。

神经负责在身体各处传递信息。它们是由电流来传递的，电流会从神经细胞的一头传到另一头。但电流不会直接流到下一个神经元上。神经细胞和细胞间，有名叫"突触"的小间隙。神经细胞末梢所释放的化学信息，会被传递路线上的下一个细胞接收到。所以总的来说，神经系统内的信息，是由电信号和化学信号共同传递的。

心跳的维持

心脏有一种名叫起搏细胞的特种细胞，用来控制心跳。健康的人在休息时，心脏1分钟跳动次数约在60～80次之间。但如果你处在兴奋状态，或在剧烈运动，则心跳速率会加倍。

"心电图"是用来测量心脏产生的电流强度和频率的机器。如果心脏里的天然起搏细胞已经无法送出强力的信号，则可以装上人工的心脏起搏器。这种装置用电线连接到心脏，靠电池来驱动。

心脏起搏细胞

能救人的电击

有些心脏有毛病的人，需要电击来"重新激活"他们的心跳。心脏出问题的时候，心脏肌肉状态紊乱。它们不再能维持强有力的跳动，而是虚弱地抽动着。这种情况叫做"纤维性颤动"。电击会让心脏短暂地停止跳动，从而让心脏肌肉得以重新恢复跳动节奏。当你在电视上看到医生为病人施行电击的时候，他们做的就是这些。

电太多也不行

虽然你的身上天生就有电，但电太多却会让人致命。多少电叫太多呢？执行死刑用的电椅，使用2 000伏特、5安培的电，那样的电强到足以使心脏停止跳动。

大的电流也会造成肌肉收缩。碰到裸露电线的人，将会无法脱身。如果你看到有人遭到电击，不要去碰他，赶快找人帮忙，将电源切断。

被雷电击中是会死人的。但也有一些人，被雷击过不止一次，但仍安然无恙。

神经反应

神经细胞为什么像个电池？请撰写并绘制一张名叫"神经电池"的广告。为它们取个产品名字，并说明为什么有人会购买这种电池。

电……电……电鳗！

鳐鱼靠电击得到猎物。

所有的动物体内都能产生电，但有些动物制造的电比其他动物要多得多。这种电往往会对生活在同一区域的其他生物造成不小的威胁。

南美的电鳗就有着相当吓人的学名——Electrophorus electricus，意思是放电属放电种的电鳗鱼！这种鱼的尾巴具有特别的细胞，可以产生大约600伏特的电——这可比家用电源的电压还要高。这种鱼所制造的电量并不足以杀死成人，但已经足以电昏或电死它所猎食的小鱼类。这种天生的本领，弥补了鳗鱼的一项缺陷：没有牙齿。被电昏的鱼比较容易抓到——也比较容易吞食。

另外，电鳗几乎是瞎的。但它们都生活在昏暗的水中，因此视力不好造成的影响并不大。电鳗寻找猎物，靠的不是眼睛，而是靠它的发电本领。电鳗在水中活动时，会发出弱的电脉冲，其功能就像"雷达"似的。

还有些种类的鱼同样有着放电的本领，非洲有种鲶鱼的皮肤细胞能产生电击。除此之外，鳐鱼（俗称"大西洋鱼雷"）头的两侧有着特别的大块肌肉细胞，可以发出电击。

另外还有鲨鱼，它们不靠电击来猎食，但它们可以感应到其他动物的电流。它们头部两侧有大约1 000多个用来感应电的小凹窝。其他鱼类在鲨鱼附近游动的时候，这些凹窝可以侦测到它们发出的微小电流。

鲨鱼的电力秘密藏在头部的"凹窝"中。

电鳗有着放电的天生本领。

有些鲶鱼皮肤中有着天生的特殊武器。

放电肌肉

所有的神经细胞和肌细胞都会产生少量的电。但电鳗经过演化，是有了足以电昏其他鱼类的肌肉，但这些肌肉已经不再担当肌肉的功能了——它们只被用来制造电。你能不能想出哪些动物也是这样，身体部位经过演化而改变了功能？这些改变和电鳗的放电肌肉有哪些相似之处？它们又有何不同？你认为是哪些因素造成了这些改变的？

课 程 活 动

电路小推理

"有人偷了电宝石！"电侦探伊·菲尔兹大叫，"犯人就在这间房里！"

四个嫌疑人全都说起话来。

"不可能！"脉冲教授叫道。

"我们其中一人？"达夫妮·发电机小姐紧张地说道。

"不是我。"布里奇特·电池女士说。

"太荒唐了！"查理·电流先生叫道。

"不，"电侦探慢条斯理地说道，"这一点都不荒唐。一定是你们当中一人干的。窃案发生的时候，房里只有你们四个人。所以，请你们分别告诉我，你们在晚上十点时都在做什么。"

"我在吹干我的头发。"发电机小姐立刻说道。"大概

因为这样，所以我什么都没听到。"

布里奇特•电池女士直视着电侦探的双眼。"我在弹我的电吉他，"她声称，"而且我把音量开得很大。"

"我想我一定是在用计算机收我的电子邮件吧。"脉冲教授告诉这群人，"我一定

很专心，因为我什么都没听到。"

"呃，"查理•电流先生语气平缓地说着，"我坐在我的房里玩电子游戏。电子游戏机的声音很吵，还有那台旧的空调机声音也特别大。"

电侦探思考了一会儿。"你真的把空调打开了吗？"他问电流先生。

"是啊。"电流先生回答。"我的房间还很凉呢！如果你愿意的话，你可以去看看。"

侦探照做了。一分钟后他回来，并作了令人惊讶的声明。

"电流先生的房间是很凉。"他跟这群人说。"在检

查完这间屋的线路后，我发现了不寻常的事。所有的房间都接在同一个线路上！也就是说，我可以告诉你们，谁在说谎。这个人很可能就是偷电宝石的小偷！那人就是发电机小姐！"

为什么电侦探知道，达夫妮•发电机就是小偷呢？

台灯　　　　　100瓦
吉他的扩音器　　120瓦
计算机显示器　　110瓦
计算机　　　　　75瓦
吹风机　　　　1 200瓦
电视　　　　　　90瓦
电子游戏机　　　12瓦
空调　　　　　　750瓦
电灯　　　　每个75瓦
四个房间都串接在同一条线路上。
室内供电线路是110伏特、15安培。
如果需要的话，请查看"年鉴"的信息。
（插图里面有提示喔！）

答案请看第120页

大停电！

1965年11月9日晚上，美国东北部有将近三千万人突然遭遇停电。纽约州北边一个大型变电站发生爆炸，而它的电力供应范围涵盖了数千平方公里。结果，纽约全城一片漆黑。一座超级都市要怎么面对这场紧急事故？它们的应对策略比你想的要厉害多了。

摘自1965年11月19日的《生活》（Life）杂志

　　大停电似乎完全改变了纽约人。在大街上，上班族们脱下了外套，这样便能看到里面的浅色衬衫；他们自愿担当警察的工作，指挥交通。虽然人行道相当拥挤，但完全没有大白天时纽约行人的那种你推我挤。天空挂着银白无瑕的满月（以后的大停电一定也会有此景色），人们盯着过往行人的脸，就好像万圣节时，小孩猜想面具后面藏的是哪个朋友似的。事实上，黑暗让每个人都变得更像孩子。夜里笑声不断。

　　一夜之间，三千万人只好将就过日了。人们得爬许多层楼梯，跋涉过桥，在没有红绿灯的情况下开车，这些事全都得做，不过人们不但能成功应付，做的时候还带有一种奇特的喜悦。

　　当我听到下面这则故事时，我很惊讶。那是关于五个困在帝国大厦电梯里的人，他们在25层高的地方，用笑话、歌声度过了黑鸦鸦吊在空中的5小时15分，没有一点慌张。第二天早上，电来的时候，我看到一则电视新闻，报导一群困在地铁里一整夜的人。这一群人中，有老有少，有衣着光鲜的，也有衣着破烂的，他们对这次被困，似乎是相当高兴的。有一个地铁警察，跟他们一起被困住，他夸赞他们是一群好伙伴，一起勇敢地度过了这段时光，大家都对他欢呼不已。

作者 芳登•温赖特

　　那是个寒冷的11月晚上，当时我15岁，刚从纽约的布鲁克林技术学校回到家中。那时天色已黑，因为夏时制在大约一周前或更早时候结束了，因此我们将时钟再度调回来。不过此时，一轮明月挂在天空。

　　我刚坐下来要吃晚饭，灯就熄了，电视画面也没了。然后它们又恢复正常状态。

　　"喂，妈。"我叫道。"你是不是又在用电烤箱了？每次它都使保险丝烧坏了。"

　　接着电灯又全部慢慢暗了下来——在不到1秒的时间里，它们就全熄灭了！

　　我们一想，那不是保险丝烧掉造成的。于是我们点亮蜡烛，打开了用电池的收音机，并收听新闻。

　　在后来几个小时里，我们一家三代全紧靠在收音机周围，而且相当快乐——我们从没这样过。我已经忘记，第一次在课堂上知道我们今日生活有多么依靠电，是什么时候的事了——加油站没电加不了油，交通得靠人力指挥，因为红绿灯全停了。每一件我认为理所当然的事——像是我出生时就有了的电视那样——全都停止运转，漆黑一片。很高兴我没被困在地铁车厢内，像其他几万名经常坐地铁往返的乘客那样。我很高兴我是和我家人在一起的。

　　大约在12小时后恢复供电。虽然现在我已经步入中年，但我永远无法忘记那个11月的晚上，电灯熄掉时的那种兴奋感。

城市的黑暗面

1977年的夏天，也就是纽约大停电的12年后，纽约市区又再次尝到大停电之苦，但这次居民的反应完全不同。市内发生了暴动和抢劫，造成严重的经济损失。请对当时的经济和社会情况做一次调查。为什么同样是大停电事故，结果却如此不同？请利用图书馆和与电相关的网站，来进行此项研究。在大停电的时候，你所居住的都市又会变成什么模样？

危险行业

在电线上工作的人

你怎么能在一根电压50万伏特的电线上工作？答案是要非常小心。要有多小心？来问问乔治·雷格（George Wragg）先生就知道了。

乔治在美国新泽西州公共电力燃气公司工作，工龄已有43年了。他曾在各种类型的电线上工作过，不管是从电厂输电到家庭住宅的电线，还是挂在输电塔上、90多米高的电线，他都有过体验。这种电线上面的电压从13.8万伏特到50万伏特不等，那可是极高的电压！电线上的电流量也非常大。他是怎样保证自身安全的？

"我们比较希望在没有通电的情况下工作。"乔治说道，"也就是没电的'死线'。"所以头一项工作便是断电。但有时，我们又不能这样做，因为这样会切断整个地区的供电。这时电线维修人员就不得不在"活线"上作业了。

"我们得常常更换绝缘子等设备。"乔治说道，"有时它们遭到雷击，有时只是老化了。"绝缘子是用来固定高压电塔上电线的设备，是用陶瓷一类的不导电物质制成的。

勇气之塔

要在电线上工作，首先得爬到电塔上。输电塔的高度从18米到90米都有。"每座电塔都有供人攀爬的梯子。"乔治说道，"在电塔的梯脚上设有梯子。我第一次爬的时候，先前已经在高塔上工作过，因此不算太难，但如果你是新手，可得花点时间适应。"

到了梯子顶端，维修人员会再拿出梯子，以爬到电线边，到达需要更换零件的位置。电线是裸露的金属线，上面有着几十万伏的高压。但是只要操作正确，维修工人就可以安全地完成任务。要点是，千万别接地（别接触到其他导体）。这样一来，电就不会从电线流过你身上，再流到别的地方。

"只要你没有接地，"乔治说，"电就只会在你周围流动。好像你变成了电线一部分似的。这也就是为什么鸟儿可以在电线上栖息的缘故。你得用绝缘体把自己给隔绝起来。"为了确保绝缘，维修人员所站的梯子全都是绝缘的。维修人员还得用其他装备来保证安全。每个人都绑着安全带，以免坠落。还要穿上特制的安全衣，这种安全衣是用防火材料和金属线缝制成的。金属线能导电，这样做对吗？对。因为它能把电从身上导走。

魔术棒

当塔顶的工作人员接近电线的时候，会拿出一棍金属棒。棒子是连接到他的工作服上的。他首先拿棒子接触电线，好将电导到工作服上。这样工作服的电压就和电线一样了，工作人员就可以开始工作了。

这确实是很危险的工作，并没有多少人有资格从事这一工作。电塔工作人员得花7年的时间训练。一开始他们只是学习如何攀爬电塔，而后他们开始在"死线"上作业，最后他们就得在"活线"上工作了。但即使有这么多的安全防护措施，高压电线上还是会有意料不到的事情发生。

"我们一直努力预测维修区域是否有暴风雨，"乔治说，"但有时暴风雨可能距离我们只有六十几千米，而我们完全察觉不到。"如果雷电打到电线上，就算离维修地点还有六十几千米，大量的电流仍会通过电线。

"有一次我们正在塔上工作，闪电击中了我们正在维修的线路。闪电击中的时候，造成了巨大的轰隆隆声响，好像急行的火车那样。塔上乱成了一团。"

但是就像乔治 雷格说的那样，电塔维修人员并不太在意他们工作的危险性。相反，他们从自己的工作中得到了很强的自豪感和满足感。

"爬到塔顶的时候，会有一种自由的感觉。"他说，"你就是你自己的上司，你的命运掌握在你自己手中。从事这项工作的人，会对此感到很骄傲，毕竟一个国家里没有多少人能做这项工作。"

但这可不表明他们每次爬上去时都是漫不经心的。"你必须得小心电流，"乔治警告说，"它无时无刻不想跳出来咬你一口。"

决定你的未来

如果电让你着迷，你说不定会希望从事和电有关的研究或工作。许多和电有关的工作都需要大专以上的学历，不过有些工作只要职业高中毕业就可以。不管怎么说，你都需要修完初中和高中的理化和数学课程才行。

电机工程师负责的是电器用品和设备的开发、制造及测试等。他们设计电力输配系统、电动机、点火系统等等。电工负责安装家庭或大楼内部的电线和电器装置。电工人员通常需要经过一段时间的学徒期，以便拿到执照，成为有执照的电工技师或电力工程人员。

拥有丰富的实用电学知识的人，可以在许多领域，像水力电厂、核电厂、太阳能发电厂、风力发电站、通信、医疗器械、科学仪表等领域找到自己感兴趣的工作。

破解电码

莫尔斯电码

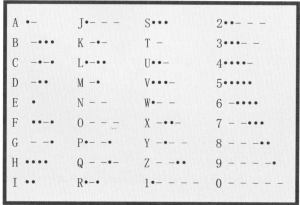

A	•–	J	•– – –	S	•••	2	••– – –
B	–•••	K	–•–	T	–	3	•••– –
C	–•–•	L	•–••	U	••–	4	••••–
D	–••	M	– –	V	•••–	5	•••••
E	•	N	–•	W	•– –	6	–••••
F	••–•	O	– – –	X	–••–	7	– –•••
G	– –•	P	•– –•	Y	–•– –	8	– – –••
H	••••	Q	– –•–	Z	– –••	9	– – – –•
I	••	R	•–•	1	•– – – –	0	– – – – –

塞缪尔·莫尔斯（Samuel Morse）并不是第一个发明电报机的人。事实上，当他还在构思电报机时，便已知道有人早已发明了电报机，这让他大失所望！但他却是第一个用电码发送信息的人。只要你学会"莫尔斯电码"，你就可以发送信息给你自己了——而且你还不需要用电报机来发送呢！

要写英文单词，只要在表示每个字母的电码间留有空距即可。例如说，要用莫尔斯电码来写出英文"猫"（CAT）一词，你可以如此写下：–•–• •– –
要写一个句子，只要在相邻两个单词间留出较大的空隙即可。

最早的电报机是将这些点和线印在纸上。但电报员很快就学会从机器的滴答声来分辨电码了。你可以用敲桌子或打鼓的方式来发送莫尔斯电码。

电报游戏

你可能玩过一种"电话游戏"。在玩的时候，大家围成一个圈，然后用耳语将信息依次传给每个人。那你有没有玩过"电报游戏"？

玩"电报游戏"的时候，你需要两组，每组两个人。每一组都写下四则短信（每一则短信不超过三四个字）。将写下的短信放在帽子或任何容器中。指定一人当"发报员"。他拿到短信后，要用莫尔斯电码将信息发给"收报员"，然后收报员便要写下所收到的信息。两组轮流进行，并让组里成员轮流当"发报员"。看看哪一组发送和解读莫尔斯电码的能力更强。

1780年的伦敦

电击治疗

在1780年，伦敦的医生们发现，有一种病人，他们自认自己瘫痪了，医生却找不出这些人有什么问题，但他们倒是找到了治愈的方式。他们对这些病人施行电击，让他们的肌肉跳动。病人看到肌肉跳动后，就不再认为自己瘫痪了，而觉得已被"治愈"。

1868年，美国麻州的波士顿

托马斯·爱迪生早年曾经在电报局工作过，那时他遇到了大麻烦。我们姑且称之为"虫危机"。他自己是这样说的：

"电报局位于一楼，在电报公司进驻前，曾经是餐馆。屋内到处都是蟑螂，它们住在墙角，常在屋内的地板上到处流窜。它们爬到桌上惹得我很烦，我索性将两条锡箔片贴在我桌边的墙上，一条连在供电的大电池的正极，另一条则连到负极上。爬到墙上的蟑螂会通过这两条锡箔，它们的脚跨过这两条锡箔的时候，就会发出一道闪光，蟑螂就烧焦了。这种自动电击装置太吸引人注意了，一家晚报竟然花了一版半的版面报导这个装置，这使得电报局的经理不得不叫我停用这个装置。"

1890年的埃塞俄比亚（当时的阿比西尼亚）

曼里克国王二世

曼里克国王二世为他的王国订了三把电椅，但他忘了一件重要的事——他的国家没有电。他想要引进现代死刑的计划只好作罢。但这次采购并不全是浪费——他把其中一张电椅改装成为自己的新王座！

和新的一样

阿什利·佩里（Ashley Perry）现在4岁，他出生的时候左手并不完整。但他现在有了一只新手—— 一只由微型电动机和可充电电池所驱动的手。阿什利靠着移动他上臂不同的肌群，来操作这只手。他手上的电极会侦测肌肉的运动，然后将信号送至他的"电动肌肉"手。有了这只新手，阿什利几乎可以做每一件其他小孩所能做的事。

真正的科学怪人

在1818年，也就是玛莉·雪莱的《科学怪人》出版的那年，安德鲁·尤尔（Andrew Ure）公开对一具尸体进行电击。他把电极接到主要神经部位，使尸体跳动。当其他神经也受到电流刺激的时候，这具尸体看起来好像会呼吸、叹气、微笑，甚至皱眉。那时，世界上大多数人都还没听说过电这回事。这次展示让许多人以为，电这种神奇的力量可以让人起死回生。

省一点儿就是省很多

这是一项大的研究计划。但计划完成的时候，说不定真能为你的学校节省经费，也说不定能节省一些资源呢！

看看你的学校周围，有多少你日常多见的东西是必须用电的？电灯、挂钟、铅笔刀？你知道电是从哪里来的吗？你又知道怎样才能产生电吗？你学校里所用的电，多来自几百千米外的电厂。这些电厂是燃煤还是燃油的？还是来自位于水库的水力发电厂？

假想将电输送到你学校的长途输电线突然消失了，或者假想你的学校决定不再向电力公司买电了，你该怎么办？你能想出让学校继续运作下去的方法吗？你要从哪里获得电？你有可能自己发电吗？你可以学习如何在用电较少的情况下生活吗？这就是你最后的研究计划。

以下是你要做的事：

① 组成一个4~5人的小组，来解决以下问题。第一件要做的事是算出你的学校目前总共用电的电功率是多少。你得先调查学校里有多少电器设备，它们运转时功率是多少瓦特？（大多数电器一定会在某处标明这些信息。）它们一天运转多少小时或多少分钟？你要算出你学校平均一天总共用掉多少电。

② 然后你得想想别的能源。你要不要查查太阳能电池板？或是便携式发电机？用电池如何？或是用风力驱动的发电机？这每一种能源能供应多少电？价钱怎么样？需要多少经费来运转？和学校付给当地电力公司的费用比较起来又如何？

③ 如何节约能源？有没有办法让学校减少电的用量？你呢？你能少用一些电器，或是用比较省能源的电器吗？你总共能省下多少电呢？你可以用这种方法省钱吗？

④ 最后，在全班作个报告。报告中要列出所有你计划使用的电力能源，每一种能源能发出多少电，以及每1度电的费用是多少。你们自己发电实际上可行吗？或者你们自己发一部分电，其余向电力公司买，会比较划算吗？

第112～113页"待解之谜"的答案

如果在窃案发生时，发电机小姐确实在吹干她的头发，那么线路就会超负荷了，房间里就会停电。因此，电侦探推断发电机小姐在说谎，所以窃贼很有可能就是她。（插图中的线索：发电机小姐在洗头，而不是吹头。）

磁

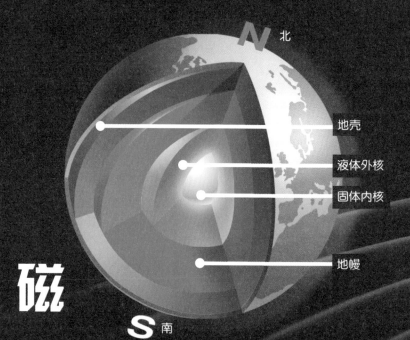

N 北

地壳

液体外核

固体内核

地幔

S 南

磁

你有没有见到过两块磁体互相吸引或排斥的现象？也许你已经知道，每一块磁体都有一个北极与一个南极，不同的两极之间彼此吸引，而相同的两极彼此排斥。但你知道为什么吗？其实这全都是因为磁力的关系。磁力就像引力，是大自然的基本相互作用力之一。但是磁力不像引力那样，平等地作用在各式各样的物体上。磁力通常作用在含有铁、镍、钴等元素的物质上，而且直接作用在物质的核心，即构成物质的原子之上。

虽然你看不见它们，但是所有的原子都在不停地运动着，并由不同的部分构成。在它们中心的原子核里，有称为质子与中子的微粒。围绕在原子之外运动的是微小的带负电的粒子，称为电子。正如它们的名字一样，电子是带电的。这些电子不只是绕着原子核转动，它们本身也自转。在自转时，电子会形成微小的电流，从而在其周围产生小型的磁场。所谓的磁场就是围绕在物体周围的一个不可见区域，它可以和围绕在其他物体周围的磁场相互作用。

因为吸力与斥力的作用，物质的不同原子的磁性范围相互连接，形成更大的磁性区域，称为"磁畴"。在大多数物质中，这些磁畴是随机组成的，所以它们的南北极并不在一条直线上，这样，这种物质也就没有磁性。然而，在含有铁、钴、镍等元素的物质中，不同的磁畴却拥有可以整齐排列的能力。如果整齐排列的磁畴数量足够多，就会形成你所看到的磁体了。所以，你家冰箱上的磁体的吸力，追根究底来源于原子里电子的自转！

磁场——磁体四周的区域。以地球为例，其四周的区域都受地球磁场的影响。

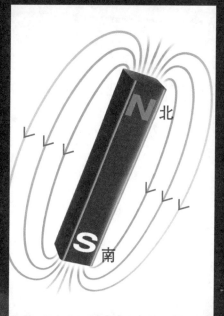

太阳风——从太阳表面喷射出的高能粒子，以每秒400千米的速度穿越宇宙。当它们抵达地球的磁层时，会造成"弓形激波"。

弓形激波——太阳风冲击磁层的边缘会形成弓形激波。弓形激波的形成与飞机突破音障时，在机翼处发生的情况十分相像。

磁层——地球四周受到其磁性影响的区域。它不规则地分布在地球四周，在背向太阳的一侧，至少可以延伸到地球直径十倍远的地方。

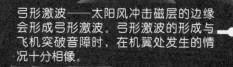

太阳风

"凡是在户外使用过磁性罗盘来指引方向的人都知道，在地球与磁体之间存在着一种关联。追溯到1600年，一个叫做威廉·吉尔伯特（William Gilbert）的英国医生发现了罗盘能够指南北是因为地球本身就像一个大磁棒，两个磁极就在地理的南北两极附近。起先，他以为地球里头埋着一个大型磁铁，但时至今日，大多数科学家都认为，事情的真相要比那个想法复杂得多。

在地球深处，存在着两种不同的地核。内核是由铁与镍两种成分构成的固体。外层则围绕着一层由液态铁镍构成的液态地核。随着地球转动，这两层地核以不同的速度旋转。由于旋转速度不同，这两层具有很强传电性的地核之间便产生了电流，这就如同原子内电子的自转。这股电流产生了足以影响整个行星的磁场。这个磁场不只作用在地球表面，还延伸至几千千米外的太空。这个空间就被称为磁层。

磁层的操作者

现在你知道，磁层是由地球的磁场所形成，环绕在行星周围的空间。现在，让我们坐下来，和磁层的操作者"磁体"先生聊聊，了解一下在它的看不见的磁泡中究竟发生了什么事。

问：对于磁层这样的看不见的东西来说，还能对地球有很多影响，我真是很惊讶。请向我们说明一下好吗？

答：呃，不是我吹嘘，要不是磁层和其中的电磁作用力的话，地球会大不一样的。事实上，如果没有电磁力，甚至地球上都不会有生命。

问："磁体"先生，你所说的可非常严重啊！

答：我的工作是非常重要的。我必须操作一个巨大的偏转防护器，使地球免受太阳风的侵袭。

问：等一下，宇宙中没有空气，怎么会有"风"呢？

答：太阳风并不是由流动的空气形成的。它是从太阳表面喷射出的带电的粒子流。补充一下，它流动得非常快。平均速度大约有每小时1 609 300千米。

问：的确，那也是一种风。以这种速度，太阳风大概会在四天内抵达地球。

答：要是我们允许它进来的话，没错——但是磁层可以确保太阳风永远不会到达地球。你实在是够幸运的，因为如果这些带电的粒子撞上地球的话，可能会把大气层整个剥离掉。有些科学家认为，月球和火星就曾有过这样的遭遇：太阳风曾经侵袭它们许多次。现在它们上面只有一大块一大块的岩石。磁层像一块巨大的看不见的毯子，把地球层层包起来——某些地方甚至延伸至太空中达几千千米，这样才足以阻挡太阳风。

问：听起来责任非常重大。

答：噢，压力大得不得了。而且一年到头都没办法休息，没有假期，不能请病假。唉，告诉你，经过了几百万年，我已经渐渐衰弱了。地球上面对太阳那一面的磁层比背对太阳的那一面要薄。那是因为一种叫做弓形激波的压缩效应的缘故。但是在地球的另一面，磁层可以在直达一百倍远的空间中，形成一条磁尾。你可要记住我所说的话，因为磁力是一种力，像引力一样，这些力是看不见的。

问：那我们怎么知道，它是在像你所说的那样工作呢？

答：这就要看你住在哪里了。在南北极地区，磁层呈漏斗状。在外大气层里，有来自太阳风的带电粒子入侵。它们与大气层摩擦碰撞，产生了称为极光的东西。在阿拉斯加，人们称它为北极光（Northern Lights）。当太阳发射出强大能量的时候，极光就会变强，甚至在接近中纬度的地区人们也可以看得见！大多数时候，你必须在接近极地的地方才能见到极光。

问：所以磁层就产生在地球的顶端和底部，对吗？

答：并不是这样，磁层来自于地球深处。在那里，地球的液态外层地核在固态的内层地核周围搅动。这两层地核的大部分是由铁和镍所组成的。

问：嗯……这真有趣！很多磁体也是用铁和镍做的。

答：哦，你认为那只是个巧合吗？磁体就像是地球的缩小版，每一个磁体都有自己的南北极。而铁

和镍都是好的导体也绝非巧合。

问：等一下。我们不是在讨论磁吗？不是讨论电啊！

答：谈到它们两个时，你不可能只谈其中一个。它们两者就像堂兄弟一般，也像是硬币的两面。当电在铜线等导体里流动时，会在导体的四周产生一个磁场。磁场加上导体就会产生电流。这些现象早在19世纪就已经有实验证实过了。地球核心中的运作一向就是这么回事。当地球旋转时，金属的核心会因为自激发电机效应而产生电流。这种发电机效应于是创造了磁层中的磁力。地球核心里头热得不得了，我说的是真的。

问：有多热呢？

答：非常非常热，甚至超过5000℃。地心必须要如此炽热，才能维持地核外层以液态存在。这些热量来自于压力及集中在地心里的放射性元素。在火星上，放射性物质已经消耗殆尽，于是地核就冷却下来。一旦火星的自激发电机效应停顿下来，就再也没有磁层了。于是太阳风就可以长驱直入吹袭火星，把火星的大气吹跑一大半。

问：真可怕。地球的磁层也有可能消失吗？

答：嗯，我想那是可能的，但还没那么快。有些科学家十分担忧，因为从1620年以来，地球的磁场已经减弱了15个百分点。事实上，只要地核里有什么变化，磁层就会立刻有反应。地球的磁场强度总是会上下波动。在过去的7500多万年中，地球的南北磁极已经转向约170次。这可是件大事，因为发生转向的短时间内，磁层会消失，会使地球暴露在太阳风的吹袭之下。但只要我们再次"充电"完毕，我们就又准备行动了。

问：总算可以松一口气了。虽然你无形无色看不见，但仍然很吸引人。

答：每个磁体都很吸引人啊！这是自然现象，我们可控制不了。这是因为我们的原子中，每一个旋转的电子都以同样的方向排列整齐，并会产生磁畴。不过还是谢谢你的赞美。现在我得走了，我还有很多事要做，得等着捕捉每一个太阳风的粒子。我得回去工作了。

也许它有磁性

列出一张用磁体测试的物品清单。包括指甲、碎的维生素丸、银、金，以及含铁量高的麦片等。猜猜什么东西会有磁性，并解释原因。然后用一个强磁体测验它们的磁力，并讨论结果。

 课　程　活　动

为磁铁疯狂

虽然直到近几百年来，磁性才被深入地研究，但磁体的存在由来已久。它们从何而来？答案是天然磁石。这些铁矿石又是由一种具有磁性的天然矿物——磁铁矿所构成。天然磁石是人类最初使用的磁体。1269年，派勒格尼(Petris Peregrinis)发现，如果将普通的铁针放在天然磁铁上反复摩擦，就可以将磁铁的磁性传送到铁针上。后来他发现，要是让这根铁针自由转动，它总是指向相同的方向。喜好冒险生活的水手们都有福了，因为现代的指南针从此诞生了。但是故事还很长呢……且让"焦点事件"单元给你指引。

公元前2637年，中国的统治者，黄帝

传说这位早期的中国统治者已经知道磁性的存在，并且在战车上使用天然磁石。古代传说描述道，他的战车上有一个伸出一只手臂的小型女性雕像，不论战车怎么转，面向何方，她的手永远指向同一个方向。这种现象的原因，就在于黄帝在雕像里放了一个磁铁，因为受到地球磁场的影响，所以雕像永远指向同一个方向。

第一个罗盘

中国人也许是最早发现磁铁具有指示方向功能的。在公元83年（汉朝时）具有磁性的天然矿石被制成放在盘上的勺的形状。盘上的勺可以自由地指出地球的磁场方向，并且永远指向同一方向。但是直到公元700年时，磁化的金属针才被用来制成指引方向的中国罗盘。到1100年，磁化的针已成为中国各地普遍使用的航海仪器。关于磁力的指引方向功能的认识，也许是通过当时连接远东地区与欧洲城市的陆路贸易路线——丝绸之路传播到欧洲的。1270年，有悬浮磁针的罗盘在欧洲已经很普遍，并且已经是航海时不可或缺的仪器了。

全被打乱了

有可能消除物体的磁性吗？当然可能。你可以用铁锤用力敲打磁铁，以消除它的磁性。用力敲击磁铁时，磁铁中的原子会受到振荡，使其中的磁畴失去原有的秩序，于是就不再具有磁性了。若要使它重新恢复磁性，你必须将它与另一个磁体接触才行。

磁铁若不叫现在的名字还会如此具有吸引力吗？

公元前100年，卢克莱修

磁性(magnetism)这个名称有可能来自于卢克莱修(Lucretius)。他是古罗马的诗人，也是博物学者。他记录了"MAG-NET"这个名字是来自于希腊的麦格尼西亚(Magnesia)省的某处，当地有许多天然磁石矿。

公元23~79年，老普林尼

但是罗马博物学者，老普林尼(Pliny)在他所著的《自然历史》一书中写道，磁铁(magnet)这个词来自一个叫做"马格尼斯"(Magnes)的希腊牧羊人："当他放羊时，他发现鞋子上的钉子和手杖的尖端总是紧紧吸在一起。"看起来马格尼斯似乎是在一片有天然磁石的地区放羊。

1492年10月，大西洋

在一趟漫长危险的跨大西洋旅程之后，克里斯托弗·哥伦布抵达新大陆。哥伦布虽然带着罗盘，但并不信任它。在晴朗的夜晚，他会根据天空来导航——他认为月亮比罗盘更有用。在不用罗盘来指引航向这点上，他是对的。由于存在磁偏角的缘故，哥伦布的罗盘不会给他提供完全正确的信息。磁偏角的产生是因为地球的北极与地磁场的南极位置不完全相同。当哥伦布航行至尼那(Nina)、平塔(Pinta)，以及圣玛利亚(Santa Maria)时，地磁南极位于地球北极的西方。如果他照着罗盘所指示的走，那么当他以为自己向正西方前进时，实际上是在往西偏南的方向前进。

1770年，詹姆斯·库克船长，澳洲

在詹姆斯·库克船长(Captain James Cook)前往澳洲东北海岸的探险途中，他在航行日志中记述了一个岛的情况："我把它取名为磁铁屿或磁铁岛。它看起来像是一座岛，但是靠近它的时候，罗盘总是失灵。"因为这座岛似乎干扰了他的罗盘工作，库克认为这座岛可能是由磁铁矿构成的。现代的实验则显示这座岛并没有磁性，但今天它仍然叫"磁铁岛"。

做一本属于你自己的磁学事件簿

看看你在磁的世界里可以找到哪些不寻常的东西。在杂志、报纸网络上查找各种与磁有关的人物、场所、物品及事件的照片、报导等。把照片剪下来，搜集这些文章的剪报，做一本自己的磁学事件簿。

 课 程 活 动

磁铁类的一大步

让我们回到1600年，当时伊莉莎白女王的医生威廉·吉尔伯特曾经提出，罗盘之所以有用，是因为地球本身就是一个巨大的磁体。为了证明他的理论，吉尔伯特把一根针与天然磁铁相互摩擦，使针具有磁性。他把这根针穿进一个软木塞中，将它丢在一个装满水的高脚杯里，让它自由地在水中漂浮。经过多次实验，磁化的针总是向下方指向地球。吉伯特的初始理论是正确的：地球的确具有"磁性"。

以下是吉尔伯特对于地球与天然磁铁石的比较：

1600年，英格兰，伦敦

《磁铁》第一册
威廉·吉尔伯特

天然磁石就像地球那样，磁性物体从四面八方趋向于它，并黏附在它上面。它也有两极，就像地球一样，它也有像赤道这样位于两极之间的分界线……一如地球，天然磁铁也有指引方向，永远指向南北极的能力。对应于地球的位置，它也会做圆周运动。它会调适自己，适应地球的规则……肉眼所见的地球，绝大部分也是有磁性的，也具有磁性的运动。于是，地球的每一部分，在不容置疑的实验中，都显示出磁性物质具有的特性……

吉尔伯特认为，地球是具有磁性的，他展示了一根浸在水中的磁化针以一个角度倾斜指向地球表面，就像一根磁化针靠近一块球状磁石表面时所发生的现象一样。

磁性纪录

在吉尔伯特发现地球具有磁性之后的400年内，科学家们仍然在研究着地球的磁性。他们像吉尔伯特一样，以观察到的现象作为他们的证据。地质学家凡恩(F.J.Vine)和马修斯(D.H.Matthews)认为，一项关于地球的发现常会导致另一项发现。看着世界地图，你是否曾有把全世界当成一块块等待拼合的拼图的想法？非洲的左上突出角落可以完美地嵌入南北美洲中间的缝隙，而南美洲右侧的突出部分，正好可以与西非的凹陷处完美的拼合在一起。长久以来，人们一直觉得奇怪，为什么这些大陆似乎能够很好地拼合在一起呢？这些又大又笨重的陆地怎么可能移动过呢？就好像它们能够来回漂浮似的。直到20世纪60年代，科学家才开始寻找地球的磁学证据，这些证据显示，大陆块的确漂浮在地表上，曾经有一度，所有的陆地就像拼图一般拼合在一起。

1963年，凡恩和马修斯研究海床。他们使用一种特殊仪器，叫做磁力异常探测器(MADs)，他们把它拖在船后，横跨了整个大西洋。结果发现，整个海底的岩层以中洋脊为中心，向两侧延伸，呈现出条带状对称的磁场形式。不论是洋脊的哪一侧，两块相邻的磁场带一定具有相反的磁场方向。科学家也发现，玄武岩(形成大部分海床的岩石，其中铁含量丰富)在融熔状态下，温度高过居里温度。当玄武岩渐渐冷却坚硬时，其中的铁成分会被地球的磁场磁化，指向一致的方向。海床上条带状的磁场排列方式显示，在历史上，地球曾经多次反转其磁场方向。但是这样的方式到底是如何形成的呢？

这就是凡恩与马修斯发现的事实：

中洋脊实际上是洋壳的断裂处。当陆块因为地幔的力量分开时，地底的压力就在中洋脊的裂口处释放，熔融的岩浆随之涌出，填补了因为分离而产生的裂缝。这表明洋壳会扩张。但并不是所有的科学家都这样认为，这样的新学说要证明大陆的漂移，还需要更多的证据。

这次，大陆块上面的磁场记录也为这种学说提供了依据。研究火成岩磁性的地质学家发现，它们的磁化方向不只是南北而是各个方向都有。当熔岩从火山口喷出，冷却形成坚固的岩石时，岩石中的铁质成分会根据喷发时的地球磁场方向而磁化。而后来，当大陆漂移时，岩石也跟着改变了方向，于是它们的磁场排列方向就不会与今天的地球磁场方向一致了。对这一现象的唯一解释就是，大陆块曾经改变过位置，大陆漂移理论获得了更多的支持。

全球拼图

找几张纸或厚纸板，将它们剪成各个大陆的形状。找一张纸铺在平整的表面上，按照现在的世界地图将剪成的纸板排列在纸上，并把它们的位置用笔画出来，然后开始拼图吧。试试看，这些大陆块以前是如何拼合在一起的，它们又是如何迸裂，并"漂移"到今天的位置的。

课 程 活 动

里程碑

磁学史上的十个发现，促进了科技的进步。

1	2	3	4	5

1世纪及更早的时代，航海

19世纪20年代至19世纪30年代，电动机和发电机

1888年，电磁波

1911年，无线电和卫星通信

20世纪20年代，电视

从公元83年起，中国的船员就已经利用磁体的指向性来引导航向了。此后一直到12世纪，关于磁性的知识经过丝绸之路传到西方后，西方探险家才真正开始使用罗盘。现在我们知道，并不是只有人类会使用地磁场来引导方向，鲸、鸟类、龙虾，甚至连细菌都会使用这种技巧。

19世纪20～30年代奥斯特(Oersted)与法拉第(Faraday)的研究发现，磁与电关系密切。法拉第利用这些知识，创造出世界最早的发电机和电动机，促进了科技的巨大进步，为全世界的电力化革命带来动力。

亨利奇•赫兹(Heinrich Hertz)发现电磁波能够穿越空间。

瓜里耶莫•马可尼(Guglielmo Marconi)应用电磁学原理传送无线电波横越大西洋。电信号可以转换成为电磁波，并以波的形式在空气中传播。当电磁波被接收者获取时，它们又会被转换回电信号，并扩大成为能听得到的声音。

因为磁和电有关联，磁体能对形成电流的电子发生作用，所以研究人员就利用这方面的知识，发展出今天电视里所应用的技术。1923年，发明了称为"光电摄像管"(iconoscope)的产品，这是电视机的一种早期形式。在电视里，从电子枪中射出的电子束会打在屏幕上，屏幕上有不同颜色的微小粒子，当电子击中时就会发出不同颜色的光，从而产生彩色影像。根据从电视天线接收到的无线电信号，电磁体会指引电子束在屏幕上构成影像。

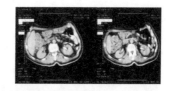

6	7	8	9	10

20世纪50年代，资料存储

20世纪50年代，金融与货币

20世纪80年代，旅行

20世纪80年代，医药

20世纪90年代，能源生产

没有磁力，计算机磁盘可能就只能拿来当茶杯垫使用，而不能作为储存资料的介质了。而且你也没办法把喜欢的音乐录制在录音带上，或者把刚打好的作业存在计算机里了。当科学家了解了磁畴的原理之后，他们就可以在非常小的空间中，储存大量的资料了。不论是计算机、录像带或立体声录音带，都是利用在磁性物质的表面储存磁信号的方式，使数据得以被迅速压缩、储存，并且可以再次读取利用。

有人说，金钱是使世界运转的力量，但要是没有磁性的话，金钱又会怎样呢？用来印制支票和货币的墨水中都添加了磁性物质，以便与假钞相区别。自动售货机和硬币分类机不仅利用磁性来分辨真假硬币，也用来区分美元中的25分、10分和5分的硬币。

所谓的超导体，是指某些金属在冷却到一定温度时，完全不对其中流通的电流造成任何阻碍。因为此时，其中的原子已经冷得无法振动了。磁悬浮火车就是利用超导磁体悬浮在铁轨上。利用磁体之间相互的吸引与排斥原理，磁悬浮列车不使用化石燃料，而采用了洁净的磁能源，使乘客们享受平稳而快速的旅程。

当科学家们知道磁性来自于环绕原子核周围的电子的运动之后，他们就知道，理论上只要有足够的力量使成对的电子排列整齐，任何东西都可以成为磁体。利用超导磁体制成的核磁共振仪，医生可以将磁性引入患者体内的原子中。它可以根据每个患者体内的磁性排列形式绘制出患者体内的影像，帮助医生诊断出癌症等疾病。

为了提供未来的能源，在全世界的实验室中，正使用巨大的托卡马克电磁体，以试着控制核聚变而释放能量。如果可行的话，核聚变将可以结合四个氢原子形成一个氦原子，并释放巨大的能量，而不会产生污染。

未来的力

各位发明家，快快开动脑筋，紧盯住未来吧！组成一个小组，思考一下，磁性原理下一步将会被利用到科技的哪些方面。人们将会如何利用磁能？自己想出一些发明来。把你的发明与班上其他小组比一比。哪些发明最有用？为什么？如何才能改进它们呢？

 课 程 活 动

愿磁与你同在

需要熟记的原理与图形

如果一根磁棒断成两截，那么两截将会各自成为一个新的磁体，拥有自己的南极与北极。

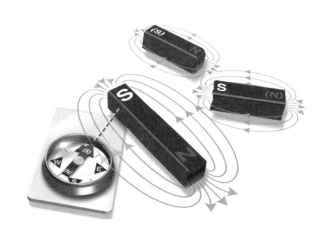

在面对太阳的一面，地球的磁层会延伸进太空中约6万～8万千米；在背对太阳的一面，则会延伸到远达30万千米的太空中。在某些地方，磁层甚至可以涵盖月球的运行轨道。磁层结束的边界处称为"磁层顶"（magnetopause）。

右手定则（The Right-Hand Thumb）是一个记住由电流产生磁场方向的好方法。如果有一道电流从你的右手拇指通过，那么它产生的磁场将与你右手其余手指卷曲的方向一致。

太阳风是由快速穿越太空的带电粒子形成的。当太阳风撞上地球的磁层时，太阳风粒子的磁场与地球磁层会像两个磁体的同名磁极相碰时那样彼此排斥。面对太阳的磁层会因为太阳风的力量而被迫压缩，因而被称为"弓形激波"（bow shock），而背离太阳的一面则会远远延伸进太空中，被称为"磁尾"（magneto-tail）。

由于同名磁相斥，所以罗盘或磁体上的N极其实并不是磁的北极，而是"被北极吸引"的极（也就是南极）。因为它实际上是被地球的磁北极所吸引。[1]

地球的磁场组成中，还存在一个磁倾角的要素。离南北磁极越近，角度就越倾斜。1831年，詹姆斯·克拉克·罗斯（James Clark Ross）利用磁倾角的原理寻找地磁北极的所在。他利用一个特制的罗盘，上面的针在罗盘水平或竖直放置时都可以转动，当他的罗盘针竖直地指向地下时，罗斯就知道，他已经找到地磁北极的位置了。

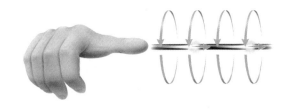

①本书里，把位于地球北极附近的地磁极叫地球的磁北极（简称地磁北极），把位于地球南极附近的地磁极叫地磁南极。这本书中的叫法与我国物理书中的刚好相反。我国物理书把地球北极附近的地磁极叫地磁南极，地球南极附近的地磁极叫地磁北极；磁针、磁体的N极叫北极，S极叫南极。——编者注

极性反转

地球的磁场平均每50万年就会突然改变一次。根据不同的海床扩张地区的不同扩张速率，地质学家计算出，地球的磁场在过去的7 600万年之中，已经反转过大约171次了！科学家还无法确认，地球的磁场是渐减至0，再往反方向增加，或只是简单的改变方向而已。科学家们还发现地磁极反转与动植物大灭绝之间有可怕的联系。灭绝的原因可能是当地球磁场减弱接近0时，来自太阳风的有害射线就会抵达地球，造成动植物灭绝。但是这样的解释也不大可能，因为大部分宇宙射线都被大气层吸收了，而不是磁层。直到现在，还没有人知道确切的原因。

磁学的单位

磁场强度[①]的单位是高斯(gauss)。这个单位是为了纪念德国数学家卡尔·弗里德里克·高斯(Carl Friedrich Gauss, 1777—1855年)而命名的。在地表，地球的磁场强度大约是0.5高斯，1万高斯则称为1特斯拉(tesla)。地球上磁性最强的磁体是脉冲磁体，能够在百万分之几秒的时间内创造出强度接近1000特斯拉的磁场。那可比地球磁场强上两千万倍呢！

焦不离孟，孟不离焦？

我们知道，磁与电的关系非常密切。一位叫做汉斯·克里斯琴·奥斯特(Hans Christian Oersted)的丹麦科学家在1820年发现，电流或是电子流能够产生磁场。在1831年，一位叫做迈克尔·法拉第的英国科学家发现，运动的磁场也能产生电流，从而证实这两者是密不可分的。

居里点

法国科学家皮埃尔·居里(Pierre Curie, 1859—1906年)发现，当铁磁体加热到一定温度时，就会失去磁性。铁磁体的温度越高，它的分子振动得越快。当高于某一个温度时，分子就会失去原来的排列次序而且磁畴也会随机的排列，于是铁磁体就失去了原本的磁性。为了纪念皮埃尔·居里，于是这个温度被称为"居里点"(Curie Point)。铁磁体的居里点大约是500℃。

①这本书里说的"磁场强度"(strength of magnetic field)，相当于我国物理书中的磁感应强度，名称为特斯拉(T)，1T=1N/(A·m)。——编者注

令人震惊的发现

在这一天，伦敦皇家学会的集会上，迈克尔·法拉第根据1820年汉斯·克利斯琴·奥斯特"磁与电相关"的发现，发表了一篇研究报告。

法拉第发现，既然电流会产生磁场，那么电也可以产生力的作用——当时他发现了通电导线能绕磁铁旋转。但他的研究并未就此打住，他也设想出产生相反反应的方法——将磁铁的机械运动转换成电。

的确，这些有关电的发现很吸引人，很有可能就是这些发现为电气化时代奠定了基础。

法拉第日记中，关于发明第一台发电机的实验摘录：

1831年8月29日

1. 做由磁产生电的实验。

2. 用直径约2厘米的软铁棒制成一个铁环，铁环的外径则有15厘米。我在一边缠绕了很多匝铜线圈，并使用麻与布将这些线圈隔开。这边一共绕了三个螺线管，每一个大约用了60厘米的铜线，这三个螺线管可以连接在一起，也可以单独使用……我把这边用A表示。在另外一边，我离A这边留出一些空隙再继续缠绕线圈。这半边用两股铜线一起缠绕，总长度大约有150厘米，线圈走向则与另外半边一致——这半边用B表示。

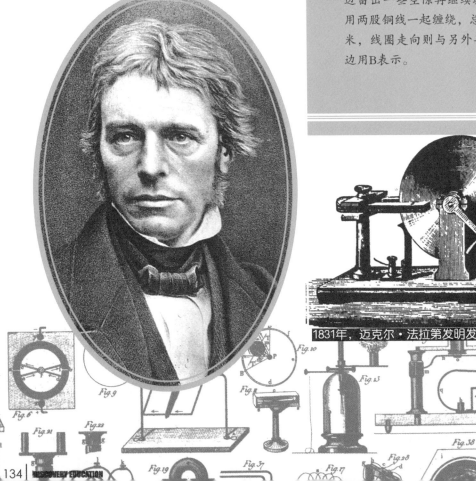

1831年，迈克尔·法拉第发明发动机

3.用10对25平方厘米见方的电极板组成电池组。把B上的两个螺线管接成一个，将它的两端用一条长铜线连接，拉出一段距离，经过一根磁针上方(离铁环1米远)。然后把电池组和A这边的线圈两端连接，磁针立即发生偏转。它来回摆动，最后又回到原来的位置。如果把A线圈与电池组的连接切断，又可以再次看到磁针发生偏转摆动。

4.把所有在A这边上的三个螺线管连接成一个，用电池组给整个线圈通电，磁针的反应会比先前更加强烈。

激发电流

1831年，迈克尔·法拉第利用一个在磁场中旋转的铜盘，制成第一台发电机。这个装置产生连续的电流，也就是直流电(DC)。发电机也能够产生不断变换方向的交流电(AC)，而交流电则是大多数家庭电器的电力来源。现在，轮到你用自己的交流发电机，把机械能转变为电能了。

你需要的物品：

两条长约8米的绝缘铜线；一个又长又细的玻璃杯或瓶子；剥线钳或小刀；卫生纸中间的硬纸筒；胶带；指南针；棒状磁铁。

你要做的事：

1. 把两条铜线两端各约2.5厘米的绝缘皮除掉。

2. 把其中一条铜线紧紧缠绕在瓶子上40圈，两端各留下约30厘米长的铜线不缠绕。用胶带把线圈紧紧粘住，确保它不会滑动，螺线管就做好了。

3. 把指南针放在螺线管中，作为你检测电流的仪器——电流计。

4. 把另外一条铜线缠绕在卫生纸卷筒上，做另一个螺线管。记得线圈的两端要预留下80～90厘米备用。

5. 把电流计的电线的一端连接到第二个螺线管电线的一端。电流计电线的另一端也接到第二个螺线管电线的另一端，形成整个电流回路。使第二个螺线管远离电流计。

6. 把棒状磁铁插入纸卷筒中央，然后把它拔出来。电流计的指南针有什么反应?继续把磁铁插入、拔出纸卷筒，看看有什么反应。现在你正利用磁铁的运动，产生电流呢!

仔细想想：

1. 为什么有指南针的螺线管必须远离插磁铁的螺线管，才能检测电流呢?

2. 当你把磁铁插入筒内，为什么指南针的磁针偏向一侧，而拔出磁铁时磁针又偏向另一侧呢?

课 程 活 动

神通广大的磁体

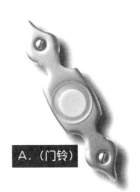

A. （门铃）

第一项利用磁性技术的发明也许是指南针吧！今天，磁与电磁（由电流所产生的磁）已成为我们日用品的驱动力。当你拿起电话和朋友讲话时，所接收的电信号经过一个电磁铁，这个电磁铁便会根据不同的信号强度吸引一个薄铁片——振动膜。振动膜的振动便以声波的形式通过空气传送，于是你就可以听到朋友讲话的声音了。

磁铁也会被用在门铃、医疗器械、收音机及其他物品上。看看你能不能把右边这些图片与磁体如何使它们工作的叙述正确地连接起来！

B. （电冰箱门）

F. （警铃）

C. （录音带）

D. （电扇里头的电动机）

E. （计算机软盘）

答案：1.D；2.I；3.H；4.A；5.G；6.F；7.B；8.C；9.B。

1．电流流经一个放在永久磁铁两极之间的线圈。因为线圈磁场与永久磁铁磁场之间的相互作用，便使得这个线圈旋转起来，每当线圈旋转半圈，电流就会转向，使线圈得以继续转动。

2．电信号被转换为电子束，而由屏幕后面的电磁体决定其方向。电磁线圈中所通过的不同电流会产生不同的磁场，这些磁场会使电子在射向屏幕时有所偏斜，击中屏幕上不同的化学物质，并进而产生彩色图像。

3．电信号经过一个圆锥形的电磁体的线圈。在线圈附近有一个永久强磁体。当电流朝一个方向流动时，磁力会将圆锥形电磁体向外推。当电流流向反方向时，圆锥形电磁会被向内拉。圆锥体的往复移动产生声波，经由空气传送出去。

4．电流流经一段螺线管(长金属线缠绕成紧密圆柱状的线圈)时，其磁场则会吸引一根连着小锤的衔铁。当衔铁移动时，小锤就会敲响铃。

5．当钱币经过磁场时会减慢速度。如果钱币不是金属制的，则不会减慢下来，而被直接送入退币孔中。如果钱币是用其他金属制造的，也许速度会减慢许多，但也会进入退币孔。正确钱币的滑落速度就会刚好得以滑过退币孔，继续进入机器的下一个部分。

6．当建筑物安全无虞时，在门与门框之间的磁路是闭合的。但当门打开时，电子监控的回路就被断开，而触发刺耳的警报声。

7．在一个平的圆盘上用表面的磁层储存数据与信息，这些数据和信息都是由电信号转化来的。

8．在一层涂有含铁或铬的磁性材料薄膜上记录着磁象。这些磁象会由一个电磁体读取，转化成电信号，并以声音的形式传出。

9．增添在橡胶里头的磁性微粒使门封磁条变得吸力十足，并且有助于这台机器维持低温。

G．（点唱机或自动售货机）

H．（扬声器）

I．（电视）

没有磁体的一天

早上一起来就觉得肚子很饿，心里想着早餐。你为自己倒了一碗早餐麦片，然后就跑向冰箱，找点牛奶来喝。嗯？地板上落着门封磁条，而冰箱的门竟然敞开着，到底发生了什么事？

写一篇关于平常一天的日记——但这一天中不能有磁体。在你的日常生活中，你是如何应用磁体的？要是没有磁体的话，你一天的生活会有什么不同？

课 程 活 动

浮起来了

魔术师利用巧妙的手法使观众相信，他们有办法使人漂浮在半空中。但是科学确实能够使整列火车浮起来，磁悬浮（磁浮）火车由强大的磁场支撑，能够"悬浮"在无摩擦的铁轨上。

磁悬浮有两种基本的类型，二者都是利用磁铁的吸引及排斥作用使列车运行得比电力机车更加快速平稳。这两种磁浮列车的铁轨都有电磁铁安装在轨道两边的底面上。列车的两侧边包覆住铁轨，车辆底部的磁铁会被铁轨的电磁铁吸引，靠这个吸引力使列车悬浮在适当位置。虽然这两种类型非常相似，但仍有重要的不同。

一种设计是目前在日本宫崎市的一段7千米长的测试轨道，是利用安装在列车上的超导磁铁与轨道上的金属线圈之间的斥力前进的。因为它无须不断调整，因此这种电力悬浮系统（EDS）被认为是最稳定的，然而，超导磁铁比一般电磁铁要贵得多。另一种磁悬浮列车系统则是使用一般磁铁，并在列车上加装冷却系统，以使磁铁保持低温。

还有一种磁悬浮系统称为电磁悬浮系统（EMS）。它的列车底部使用一般电磁铁，安装在列车车厢底部。车厢两侧边包覆轨道。列车会被铁轨的向上的吸力抬起，悬浮在轨道上方10～15厘米处。这套系统目前正在德国爱姆斯朗一段长31.5千米的轨道上测试。

磁力也能推动磁悬浮列车前进。轨道中的磁场与列车上的磁场相互作用，交替地吸引与排斥，使悬停在空中的磁悬浮列车向前运行。直流电动机（LIM）会从这些不断变化的磁场产生电流，推动磁悬浮列车飞速前进。

磁悬浮列车是十分平稳而安静的，因为它靠改变电动机的电流来改变速度，所以比使用齿轮的列车更平稳。另外，由于铁轨与车轮之间很少有摩擦产生，所以磁悬浮列车的速度非常快——每小时超过483千米。事实上，在1999年4月14日，在日本一列载人的磁悬浮列车已达到每小时550千米的高速！

除了德国与日本之外，在佛罗里达州的迪斯尼乐园中也有磁悬浮列车。欧洲、美国及世界的许多其他地区也都在发展磁悬浮列车。事实上，德国议会在2005年已经实施了一项自柏林通往汉堡、长282千米的磁悬浮列车路线计划。

它是如何运作的？

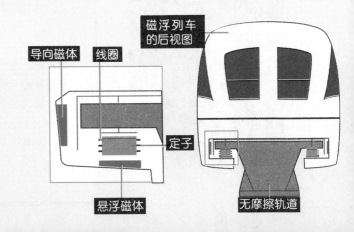

磁浮列车的后视图

导向磁体　线圈

定子

悬浮磁体　无摩擦轨道

假期的目的地

如果搭乘磁悬浮列车沿着便利的路线
出发，从家到目的地要花费多长的时
间？请查阅地图及里程图，计算出到
达目的地所需时间。为了服务于更多
的人，他们应该将磁悬浮列车设置在
城市的哪个地方？

课 程 活 动

以太阳的速度前进

它实在很热——起码比沸水热上115 000倍。在那里，再多的冷气机、电扇也不管用。即使是原子在那里也无法维持原有的形态。

而你就在那儿，在太阳里头破碎的、稀薄的气体状原子汤中游泳，为了生存而紧紧攀附在一个电子上面。你刚好经过一个太阳黑子，那是相对较为凉爽、黯淡的地方。

但是太阳黑子就像是一阵磁性风暴，扰乱了太阳表面的磁场，引发了一件件奇怪的事情。这是什么？太阳耀斑——因为磁力作用而喷出的燃烧气体，往往是由太阳黑子增加时的磁性活动引发的。它从太阳表面喷发出来，巨大的火舌有12个地球那么大，而你就在它头上。抓紧啊！你的生命之旅即将展开。

带电的粒子们——来自高热状态下的原子中的质子、电子以及中子——已经逃离太阳，向太空中旅行去了，我们称之为太阳风。但这可不像夏日微风那样柔和。你正以每秒322～805千米的速度向宇宙飞去！即使这样，从太阳到地球仍需要4天时间，穿越150 000 000千米的距离。

太阳的磁场非常强，而太阳风中每一个带电的微粒有一点点儿磁性。当太阳风接近地球表面64 372千米处时，具有磁性的微粒和地球的磁场相撞，太阳风随即流过地球的磁层，就像是水流绕过水中的石块那样。

在从太阳出发的旅程中，你已经和一个美丽的中子和它的质子同伴成了好朋友，但当你经过地球两极的磁性通道时，就该和它们说再见了。

因为地球的磁力在两极最强，某些太阳风的粒子会被磁场所吸引，并在南北极处盘旋下降。当这些微粒与地球大气层中的气体相撞时，它们会发射出明亮的光，照亮一片椭圆形的区域，这被称作极光。但大多数的太阳风粒子仍会继续向宇宙中前进，而你也在其中。

随着太阳风吹过，太阳风也使地球的磁场延伸出长长一道如彗星尾巴那样的磁尾。现在你和你的电子进入更深的宇宙空间了，但回头看看，这是多么浩瀚的旅程啊！

行星运动

如果太阳风遇上一颗没有磁场或磁场微弱的行星，比如火星或金星，会怎么样？如果遇上的是像木星那样，有大气层也有磁场的行星又会怎样？

金星、火星和木星离太阳有多远？如果太阳风的粒子以恒定的每秒644千米的速度前进，到达各颗行星要多长时间？

 课 程 活 动

你照亮了我的生命

极光是位于地球磁极之上，如波浪般彩色的光之帘幕。这些在夜空中舞动的"奇幻"光线，是由来自太阳表面的带电微粒与地球大气层中的气体相碰撞形成的。

这些粒子高速离开太阳，并形成粒子流，称为太阳风。当太阳风接近地球时，大多数粒子都会因为地球的磁层而转向。但有些粒子仍然会在地球磁力最强的地方，即在北极与南极附近被吸引进入大气层中。

当这些粒子击中大气层中的气体，如氧气、氮气、氦气、氩气、氖气，以及汞蒸气时，原子会受到"激发"而发光。在地球表面上，我们会把这些光看作是北极光或南极光。从空中观看，极光看起来像是明亮的椭圆形，围绕着北极与南极。

极光是美丽的，但它们也是大规模的磁干扰，或是地球上磁暴的征兆。所以当天空中划过明亮的极光时，那极光可能就表明了，某个地方的电力受到了影响，通信系统失灵，而轨道上的卫星也可能被太阳风粒子破坏。

这幅地图显示了在北半球看得到极光的概率，其概率是由极光视域决定的。从这幅地图中，你会发现，如果你住在阿拉斯加的费尔班克斯，你会有85%的机会看到北极光，但随着你离北极的距离越远，你看到极光的机会越少。但如果你住的区域比百分之百看得见极光的区域更北的地方，你看见极光的机会也会渐减，主要是因为你已经进入了围绕地磁北极的北极光椭圆区域之内了。

北极光

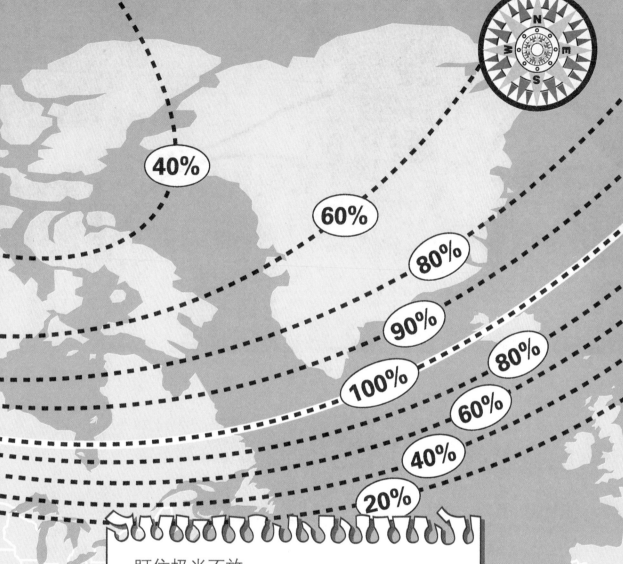

盯住极光不放

你见过北极光吗?你的机会有多少?

在地图上找出下边所列地点的位置,看看它们在哪一条极光观测带之中。自己做一些研究,在每一条观测带上再标出一个右侧未列出的城市或路标来。下次极光"观光期"你会去哪里?

地点:

加拿大贝斯赫斯特岛	纽芬兰岛
明尼苏达州明尼阿波利斯	萨克喀彻温省萨斯卡通
阿拉斯加州巴罗角	贝尔彻岛
加拿大蒙特利尔	赫布里底(大不列颠)
冰岛雷克雅未克	北达科他州的巴特纽
格陵兰岛努克	缅因州的喀利勃
格陵兰岛诺德	西伯利亚的阿纳德尔
阿拉斯加州诺姆	
阿尔伯塔省卡尔加里	

 课 程 活 动

鸽子的难题

因磁力倾斜

每年一到春秋季节，数十万只鸟儿开始一段漫长艰辛的迁徙，前往它们夏季或冬天的家。为了得到充足的食物，许多鸟类都会随着季节变化进行迁徙。温暖的气候通常意味着更多的食物；对北半球的许多鸟类而言，冬天来临而南飞的唯一原因是为了生存下去。

许多动物都具有神奇能力，能够飞越未知的陌生的土地，成功到达它们以前未曾见过的目的地。它们是如何办到的？它们是生来就知道该往哪个方向飞吗？

研究发现，问题的答案比预先推测的稍稍复杂。好好阅读以下的提示材料，然后阅读下一页的故事，看看你能不能回答，为什么有些鸟找不到回家的路。

▶ 磁铁矿是一种对磁性非常敏感、由铁质构成的矿物。在包括人类在内的许多动物的大脑之中，都存在有微量的磁铁矿成分。

▶ 某些细菌能够消化土壤中的铁质而生成磁铁矿。

▶ 比地球磁场更强的小粒磁铁，能够影响它附近对磁性敏感的物质。例如，罗盘的磁针通常会指向地球北极。但如果在旁边放一根棒状磁铁，那么磁针就会指向这根棒状磁铁的北极。

▶ 鸽子能够利用各种不同的外界线索找出飞行方向。其中一个线索就是太阳，但是要利用太阳来引导方向，在空中鸽子要看得见太阳才行。

鸽子的难题

一位令人敬重的科学家，黑兹尔·伯兹诺金博士(Dr. Hazel Birdsnoggin)正邀请你，参与她最新的科学研究，并做一名研究助理。她的任务是彻底解决鸟类是否利用地球磁场进行迁徙这一难题。你收拾好行李和这位科学家的设备（包括好几十只鸽子），随后向野外出发。

沿着正南方向，穿越了沼泽、灌木丛、森林，你来到了遥远的探险地。那是一个没有树的山岗，离可能影响实验结果的因素有好几千米远。你很快地架设好移动式实验设备，并且开始最初的准备工作。当你拆卸科学家的装备时，你发现有好几条外观像帽带的东西上附有小磁铁。伯兹诺金博士告诉你，它们是磁铁头罩，并经过特殊设计，可以使其稳稳地戴在鸽子的头上。随后你为第二天的实验准备好了记录本和仪器。后来，因为长途劳顿，你数着数着鸽子，便进入甜美的梦乡。

第二天万里无云，阳光普照。伯兹诺金博士把你叫了起来进行第一轮实验。第一批鸽子被带到山顶上，鸽群中的五只，完全没有戴头套，被一只一只地从笼中放出。每只鸽子都向北方飞去，那正是它们在博士实验室中的巢穴所在的方向。利用指南针，你详细记录下每一只被放出的鸽子的飞行方向。

接下来又放出五只鸽子，这次每一只鸽子头上都绑着一个磁铁头罩。你在日志中记录下，每只鸽子都径直朝向北方飞去，飞向巢穴所在的方向。科学家很高兴，你也回到营地去，准备下一轮的实验，这次需要多云阴沉的天气才能进行。

当你醒来时，你发现此时的天气正合适，天上乌云密布。你带着另外一批鸽子慢慢走上山顶。头一批五只鸽子没有戴磁铁头罩就被放出，你记录下它们的飞行方向——这一次还是正北方。接下来又放出五只鸽子，而这最后一批鸽子头上戴着磁铁头罩。当这第一只鸽子振翅飞向天空，你也准备要记下自实验开始以来，每一次你所记录的数据。这次鸽子的行为却与以往不同。在天空中，它们向完全不同的方向飞去——东南方、西方、西北方、西南方——而每只鸽子看起来似乎都变得迷迷糊糊，最后终于停了下来，落在离起飞点不远的地方。

伯兹诺金博士信心十足地拍了拍你的背，大步走下山去，把迷失方向的鸽子收集回来。当你收起行李和实验装备，经过长途跋涉回来后，你开始思索这次考察实验的结果。

Clues

利用以下线索，寻找答案：

- 为什么伯兹诺金博士要在鸽子的头上绑上磁铁头罩？
- 为了要让这个实验真正成功，什么样的人造物品不能出现在测试区域之中？（提示：真的会让人吓一跳喔！）
- 为什么在阴天放出的，头上没有戴磁铁头罩的鸽子们能够找到回家的路？
- 如果鸽子是靠磁力来指引方向的，为什么在晴天释放，头上戴着磁铁头罩的鸽子也能找到回家的路呢？
- 为什么这个实验要在晴天和阴天各做一次？
- 如果科学家把鸽子的脑组织拿来解剖，她可能会在脑中找到什么样的矿物质？

（答案请参见150页）

可供燃烧的能源

"磁体先生"为孩子们展示能源所带来的超能力

想象一个没有污染的世界，所有能源都如水与光一般洁净；再也没有肮脏的燃煤火力发电厂喷吐着导致酸雨的黑云，破坏着地球上的生物圈；我们也不用再担心化石燃料释放二氧化碳到大气层中，导致全球气温上升的温室效应；核反应堆利用铀原子分裂来产生能量的过程中的危险性，以及高辐射的核废料也都将成为历史；人们再也不用担心用尽世界上的煤、天然气和石油等能源——所有这些都要归功于磁体。

"磁体让世界运转。"麻省理工学院的一位工程师保罗·托马斯(Paul Thomas)这么说。他一辈子对磁体的喜好为他赢得了一个"磁体先生"的绰号。托马斯在东北部教孩子们有关磁力的知识。"磁力就像引力一样是大自然的基本力，而且具有限制等离子体（在聚变反应堆中）等功能。到处都有磁体的身影，如在电动牙刷和电视机里。没有磁体的日子就是没有电的日子，没法听收音机，学校巴士也将动弹不得。"

不教书时，托马斯在麻省理工学院的等离子体聚变中心工作，建造一种名为悬浮双极反应堆(LDR)的新型反应堆。靠着世界上最复杂的磁体之一的帮助，他打算将核聚变实用化。如果他成功了，未来的发电厂将可以使用磁体和氢来制造能源。氢可以说是宇宙中最充沛的元素，太阳就是利用它对太阳系放出光与热的。

核聚变恰恰与将原子打散的核裂变相反，核聚变是一种将几个原子核聚合成一个新的更大的原子的过程。聚变与裂变听起来好像差不多，但是在产生能量这一点上，它们相距十万八千里。这两个反应都遵循爱因斯坦著名的公式$E = mc^2$，将物质转换为能量。但是核裂变会产生核污染，而核聚变只会产生氦这种大自然中普遍存在的气体。

在$E = mc^2$公式中，E代表释放的能量总量，它相当于m——物质在反应前后所亏损的量——乘上c^2——代表了光速(每秒3×10^8米)的平方。这个等式所描述的是，一点点物质的小小不同，就会产生极大的能量，这是核聚变能源的理论依据。

在地球上核聚变不会自然发生，因为氢原子核有相同的电荷，而同性电荷相斥。要把氢原子聚合在一起，科学家必须耗用极大的能量——足以供给一座小城的使用。

因为热是能量的好来源，科学家们于是将氢原子加热至27 777 760℃，大约相当于太阳中心温度的两倍！但是地球上没有任何东西禁得起555 538℃以上的高温。而这时候，就是磁体上场的好时机了。

超高温加热的氢气体变成由质子与电子组成的

等离子体,不仅可以导电,也可以受磁力影响。当氢继续加热时,一个被称为托卡马克的环状强磁体就可以约束住炽热的等离子体,不使其碰上反应堆壁。托卡马克就像是由磁力形成的一个看不见的瓶子。因为等离子体被盛装在这个"瓶子"里,不会碰到温度相对较低的反应壁,所以就不会因为它的高温而导致整个反应堆熔化。当温度足够高时,氢原子就会聚合而放出能量。

现在靠电与化石能源做的事情,将来也许都会由核聚变能源所取代。"也许在未来的50年内,我们将能看到核聚变的力量。"托马斯说。"如果它能取代化石燃料,就可以减少排放的废料,也可以放慢全球变暖的速度。"

目前,等离子体反应堆消耗的能源比产生的能源还要多,不过已经出现了一些可喜的研究成果。一旦较为经济的核聚变得以实现并且可以付诸实践,那么取自几升海水中的氢原子,就可以在没有一丝污染的情况下,供应整座城市所需的电力。正因为如此,磁体先生及其他来自全世界的研究者都希望磁体能够为我们带来清洁的能源——全世界都能共享的能源。

你已经落入磁场中了吗?

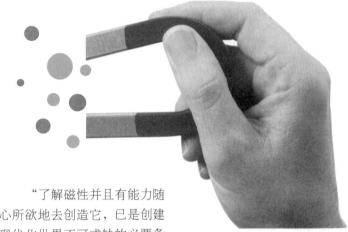

"了解磁性并且有能力随心所欲地去创造它,已是创建现代化世界不可或缺的必要条件。"磁学大师格瑞特·弗舒尔(Gerrit Verschuur)1993年这样写道。未来磁学将会对你产生什么样的影响?

要获得磁学领域中的职业,最好是在以下的一个领域中取得大学文凭,例如地质学、物理学、工程学、材料科学、数学,甚至是生物学等。某些学习磁学的学生会继续深造,取得硕士或博士学位。但对目前来说,初中和高中的科学与数学课程,以及计算机和写作课程,都有助于你以后研究磁以及磁的新用途。当学校课业完成后,你就能够运用你的知识,对社区进行一些改进了。

也许你会钻研生物学,研究生物磁性是如何影响动物行为的。也许你会成为医生、护士,或医学专家,与核磁共振仪一起工作,为病人诊断出癌症以及其他致命疾病,救活无数人。

如果地质学是你的梦想,你也可以讲授地球的磁力记录是如何被保存在岩石中的,或者发现地球磁场的秘密。也许你会是那个预测,甚至挽救地球磁层耗尽的人,从而拯救了整个星球。或者你会与其他宇航员们一起探索火星,研究这颗红色行星的磁性历史。

如果你成为一个材料科学家,你也可以发明一些依靠磁性的设备,使我们的生活更轻松。如果你是一个物理学家或工程师,你也可以更进一步发挥你的创造发明能力,找到磁的新用途,使我们的世界、我们的宇宙,成为一个更适合居住的好地方。

磁力学甘苦谈

传说中的光

很久以前的芬兰，人们认为有着闪闪发亮的毛皮的狐狸在拉普兰的山区中奔跑、嬉戏。拉普兰位于芬兰北方，在北极圈内。由于芬兰人认为多彩的北极光是这些爱玩的狐狸引起的，所以他们将极光现象称为"狐火"。

阿拉斯加的阿萨巴斯卡人认为，那些已经死去的部落成员的灵魂，将会保佑仍然活着的成员们。他们将极光视为那些居住在天上的人与他们所爱的人沟通的证据。

在加拿大的圣劳伦斯岛北方，尤皮克人认为，北极光原本是无色的。他们警告孩子们，不要在晚上出门，否则极光会把他们带走。但有些小孩不听话，他们就被极光给偷走了。于是现在极光有了颜色——那是被偷走的小孩的皮外套在天上飘舞时所呈现出来的颜色。

看见太阳黑子

在两千多年前，中国人可能是最早发现太阳黑子的人。但是直到最近，科学家才发现，这些太阳黑子其实是由太阳表面的磁力扰动所形成的。从太阳中心至其表面的热传导在黑子附近会变慢。这是因为黑子的磁场会干扰来自太阳核心的热流。太阳黑子看起来较暗，是因为它们在太阳的红热表面上属于相对较冷的区域。

语言的智能

"lodestone"（天然磁石）这个词来自中世纪英语的"lode"，意思是"引导"。

1621年，皮埃尔·伽桑狄用"Aurora"（极光，原意是罗马神话中的黎明女神）这个词来命名北极光。他还加上了"Borealis"这个词，该词源自罗马神话中名为"Boreas"的北风之神。1773年，在詹姆斯·库克船长快要驶近南极洲的时候，便将南极光命名为"Aurora"或"Australis"意为"南部曙光"。

超强磁体

"托卡马克"是麻省理工学院等离子体聚变实验室中的一个超强磁体。它的强大威力足可以抬起一列堆成珠穆朗玛峰高度的大众汽车——足足有11 340 000公斤的重量！

你在极光可见区里吗?

太阳每11年就会经历一次"活跃"与"安静"的周期。在太阳的活跃周期，黑子会增加，使得太阳耀斑爆发，并将几亿吨的太阳风粒子抛向太空。由于在地球大气层中出现超量的太阳风粒子，于是极光的可见范围就会超越一般正常情况下的可见范围。当太阳处在极为活跃的周期时，像密西西比州那样靠南的地方也有可能看到北极光。而像阿拉斯加、加拿大北方等通常可以看得见极光的地方反而看不见，因为在这些地方的人们已经进入极光椭圆区之内了。

龙虾的金属脑袋！

细菌和伯兹诺金博士养的鸽子们可不是唯一使用磁力来指引方向的生物。龙虾就依靠其内在罗盘来辨别方向。在晚秋，龙虾会迁移至较暖和的水域，准备度过寒冷的冬天。令人惊讶的是，每年它们都能在经历黑夜与巨浪后，准确无误地抵达它们的目的地。龙虾是如何做到的？其实在它们的脑中，有很小很小的磁铁，这种磁铁与天然磁铁的材料相同！龙虾是通过探测地球磁场来指引迁徙方向的。

看看大红斑

拥有大气层和磁层的木星，在两个磁极端点上各有一块椭圆形极光。但是因为木星的大气层大部分是由氢气构成(不像地球的大气层，大部分是氧气和氮气)，当太阳风的微粒撞上大气层时，所产生的极光就呈现暗红色。

令人进入催眠状态的物质

你有没有被某人或某事催眠的亲身经历？"催眠（mesmerize）"这个词实际上源自弗朗兹·安东·麦斯麦(Franz Anton Mesmer)这个人的名字。他在18世纪时，曾经宣称能够靠操纵磁铁和"麦斯麦术"或催眠的力量来医治病人。虽然有些人认为他是个神奇的治疗者，但其他人认为他玩的是荒诞的骗术。麦斯麦认为，有种非常微弱的磁力会在物体间流动。虽然他所谓的医疗力量可能是夸大其词，但他所言并非全然站不住脚。因为每样东西都是由原子组成，而原子带电，也就会产生磁。但是，大多数时候，原子当中的电子旋转会抵消彼此的磁性，所以并不是每样东西都能具有磁性。

磁化细菌

名为"Aquaspirillum magnetotacticum"的细菌没有眼睛，但仍然能够辨认方向，并在深的咸水沼泽淤泥当中找到食物源。它正是利用地球的磁场指引方向。科学家发现，这种细菌的家族成员在细胞内有一个由磁铁矿微粒组成的小链条，它们可以利用它来探测出地球磁场的方向。这些细菌不只是知道何处是北方，它们也会利用磁倾角来找出哪一边是下方，也就是它们食物源的方向！

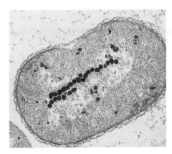

医用磁学

从核磁共振仪到在外科手术中用来从人体上拔出磁性物质的小钳子，人们已经把磁学知识广泛地应用到医学的各个领域。许多人相信，磁体也能够用来作为一种治疗方式，治愈我们身体的疾病，或者起码可以减轻一些轻微疾病的（例如关节炎、慢性背痛、肘部发炎，以及膝伤等）痛苦。

我们的血液中含有铁质。根据某些研究显示，当磁体接近时，会有较多的血液细胞被吸引到某个特定区域，这有助于刺激血液循环，并加速治疗过程。其他科学家则相信，在某些人身上磁体可以减轻疼痛，因为磁能会影响神经纤维中与疼痛冲动有关的化学作用。磁体是否有助于人类的医疗目前仍存在争论，但并没有任何证据显示，磁会对人产生伤害。(当然，你必须将磁体远离如心脏起搏器、电子植入物，以及其他可能易受磁力影响的医疗设施。)

变弱，变弱，消失

你是一个致力于研究磁学的政府机构中的首席研究员。这个机构的任务是直接向国家领导人报告任何有关地球磁场状态的研究结果。

近来，你领导的一个训练有素的地球物理学家团体提出的一条令人吃惊的消息引起了你的注意，那就是地球的磁场正在快速的消失，按此速度地球磁场在一年之中将会降到0。当然，这是一个极为严重的麻烦。而造成地球磁场消退的原因，目前仍不清楚。

你所在机构的任务就是立刻尽全力找出，当地球磁场降至0时，地球会发生什么事情。地球物理学家们认为，共有两种情形可能出现：

一、地球的磁场将降至0，地磁极会反转，磁场将会立刻复原，只不过方向与现在的相反。

二、地球的磁场将变成0，并保持不变，因为地球的自激发电机终于用尽了所有能量。

告诉国家领导人这场迫在眉睫的灾难是你的责任，赶紧整理好所有与这个事件的相关消息及最准确的信息，并向国家领导人提供相应的处理意见。政府要靠你的信息和建议，才能及时地控制住局面，维持国家的秩序，进而预防一场世界危机。

找来周围的朋友或小组同学，回答下列问题：

1. 当磁极反转及磁场变为0时，会遇到什么可能的危险？渐渐减弱的磁场会对地球的磁层造成什么影响？如果磁场反转，会对磁层有什么影响？

2. 对两种可能的情况，国家领导人应该如何带领国家做出反应？对于即将来临的磁场衰退，有哪些主要的工业及公共设施系统可能会受到影响？

3. 根据你对地球内部及其产生磁场的方式的了解，你能想出某种方法，避免地球磁力衰退问题的出现吗？

4. 利用你的磁学及电学知识，设计一种装置，能够创造出人造的磁场，以取代地球磁场，以防备万一。在制造这种装置时，困难之处是什么？有什么你必须特别加以考虑的事情吗？

第144~145页"待解之谜"的答案

1. 在每只鸟的头上绑磁铁头罩，科学家就能让鸟儿无法感知地球的磁场。这样就可以检验鸟是否能够不在地球磁场的导引下，找到正确的方向。

2. 如果在测试区域内有自然或人造的磁性很强的物体，可能对实验结果有很大的影响。举例来说，输送大量电流的电线（会产生强磁场）就会影响鸟类的飞行，并且干扰实验结果。

3. 鸽子利用磁力找到路途并回到实验室。鸽子会根据天气状况采用不同的方式辨别方向。如果天气晴朗，并且有强烈的磁场干扰，鸽子会利用太阳引导它们回家。但如果太阳被云遮盖，它们就必须依赖其他途径，例如地球的磁场，才能回去。

4. 在晴天里放飞鸽子，可以测出不论有或没有磁铁干扰它们的方向感，只要有太阳，它们就可以找到回家的路。

5. 实验室必须有一次在晴天进行，以证明鸽子能够根据太阳的位置指引方向。然后科学家就能测试，在阴天的情况下，鸽子在无法利用太阳来导引方向时，是如何找到回巢路径的。在阴天，对鸟类来说唯一能用的导向工具就是地球的磁场。

6. 如鲸、乌龟、鸟类、龙虾，甚至是微小的细菌，许多动物都会利用地球的磁场来导引方向。在它们的脑中都可以找到一种绝大部分是铁质的磁铁矿，这种磁铁矿对磁场非常敏感。科学家们甚至在人脑中也发现了磁铁矿的踪影。